図々しいのもスキのうち

Matsuri Kouduki
高月まつり

CHARADE BUNKO

Illustration

明神翼

CONTENTS

早朝の空気が日に日に冷えていく。

日下部《くさかべ》宏季《こうき》は自宅兼レストランの玄関扉を開け、わざと息を吐いて白くなるのを見ながら、「寒くなったもんだ」と呟く。

足元を一匹の狸《たぬき》、いや、逞《たくま》しいキジトラ猫が、のしのしと通り抜けて、朝の縄張りチェックに向かった。

「お前が猟犬だったらよかったのにな」

宏季は猫の、ピンと立った長い尻尾を見つめながら呟く。

子犬を譲《ゆず》り受ける機会は何度かあったのだが、譲渡の話を聞くのが遅かったり、予約が間に合わなかったりと縁がない。

だったらもう、とことん待ってやろうかと思ったところで、まだへその緒がついたままのキジ丸《まる》を拾った。

祖父の修《しゅう》は「犬じゃなく猫か！」と笑ったが、当時の宏季は拾った責任をまっとうするために必死でキジ丸を育て上げた。結果キジ丸は、畑に入ってきた野生動物を威嚇《いかく》して敷地から追い出すほどの腕っ節の気の強い猫に成長した。

「……まあいいか。絶対に猟犬が必要ってわけじゃないし」

宏季は狩猟をする。

依頼されれば地元の猟友会の人々と害獣を狩る。大体は、狩猟が解禁になった山や湖畔に出向き、法律に従って獲物を狩った。

肉を解体して、祖父・修が経営するレストランに卸《おろ》す。もちろん自分でも食べる。

祖父の料理の腕は素晴らしく、特に野鳥や獣の肉を使ったものが旨い。それが口コミで広がり、秘境と言っても過言ではない山間の店に客がやってくる。

狩猟以外は役に立たない宏季は、もっぱら裏方を受け持ち、めったに人前に出ない。

薪《まき》割りと山歩きで鍛《きた》えた均整の取れた体と一七八センチの長身は、大物を仕留めるときだけ威力を発揮した。

目は大きいのに目つきが悪いせいで今まで何度も絡まれてきたが、無言で睨《にら》み返してやると、相手は勝手に後退《あとずさ》って逃げた。

長い髪は邪魔だから短髪だ。床屋の奥さんに「おでこちゃん」と、散髪後に額を叩かれる。

その店の長女には、まだ十二歳のくせに「宏季さん、男前だよねー。板前とか似合いそう」と言われた。容姿で馬鹿にされたことはないから、つまり、そこそこいいのだろうと思う。

祖父からは「お前は図体がデカいんだから、愛想よくしないと怖いぞ」と叱《しか》られるが、これればかりはどうしようもない。楽しくもないのに笑えないし、怖いと言われても地顔にどうしろと。

そういうときは「苦情は製造元に言ってくれ」と言い返す。すると祖父は「そりゃそうだった」といつも笑った。

宏季には親がいない。

いや……いるにはいるのだが、宏季が中学二年生のときに離婚した。親は二人とも「うちにおいで」と言ってくれたが、当時の宏季は「どっちかについていったら、どっちかが傷つく」と思い、祖父の修に助けを求めたのだ。

両親は自分を選んでくれなかったことに仲良くショックを受けたが、これが宏季の答えならと頷《うなず》いて、納得してくれた。

高校を卒業するまではここから通い、大学だけは遠すぎるという理由で、アパートを借りて一人暮らしをした。

就職は元々「祖父のレストラン」と決めていたが、それを誰にも言わずにいたので、いきなりレストランで働くと言ったときは、祖父に「会社勤めはしないのかっ！」と頭から怒鳴られた。

「都会の会社勤めは性に合わないから、ここで働かせてください」

宏季は一歩も引かなかった。

朝起きても、湿った霧の匂いはしないし、山鳩の声は聞こえない。朝露に濡れた森の中を歩くことも叶わない人混みと機械音だらけの場所で、これ以上暮らしたくなかったのだ。

宏季は「今日もいい天気だ」と呟いて扉を閉め、駐車場の向こうに歩き出す。

小屋には鶏がいて、昼間は小屋の外に放す。兎《うさぎ》小屋も戸を開けて、十羽いる兎を野に放した。彼らは夕方になると自発的に小屋に戻ってくる。

食用だと思っていたが、祖父はペットのつもりで飼っていた。旨そうだなと言わなくて、本当によかったと思う。

今度は畑へ行く。作業小屋から竹製のザルを取って、レストランで使う野菜を選んだ。祖父がパンを焼いている間に、こうして野菜を選んでとるのが宏季の仕事。

地面を観察して、猪や鹿の被害がないことを確かめ、野菜をとりながら雑草を取り除く。来年は、ここの畝《うね》は休ませないとな。

土が瘦《や》せないようちゃんと休ませて、旨い野菜を作る。とても地味だし毎日の積み重ねの連続だが、宏季はこの仕事がとても好きだ。

特に、少し湿った土の匂いはずっと嗅《か》いでいたいほど好きだ。一番好きなのは、初夏の雨上がりの畑の匂いで、「ああきっと、これからいろんな野菜の芽が芽吹くのだ」と思うと、心臓が高鳴った。

今はもう冬にさしかかっていて、とれる野菜は少ない。

畝に残った野菜は、小鳥や小動物たちの「接待用」に放置しておく。

毎年この季節になると、今度は契約農家から野菜を仕入れる。すると宏季の仕事は鶏と兎の世話が主になるが、狩猟解禁も近いので、暇ではなくなる。

動物の世話をするのは苦ではないから、七面鳥と雌牛の飼育を祖父に提案してみようと思った。七面鳥の燻製《くんせい》は、少し癖があるが旨い。雌牛は牛乳のためだ。

宏季が「絞りたてか……」と喉越しを想像したところで、キジ丸の悲鳴が聞こえた。

何かと戦っているようだ。

また野良のアライグマかハクビシンでも見つけたのか。闘争心があるのはいいことだが、怪我をしたら大変なことになる。

宏季は、キジ丸の声が聞こえる小屋の裏手に向かって走った。


なんだアレは。白くてデカい。一メートルぐらいの大きさがあるんじゃないか？

宏季は、キジ丸が戦っている物体を目にして目をまん丸にした。

「トカゲ？　あんなデカいヤツ、日本の山間部に生息していたっけ？　それともワニ？」

いやそんなはずはない。危険生物が逃げ出したら、まず放送が入るだろ。しかもアレは白いじゃないか。アルビノってヤツか？　いや、なんか……金色が光りすぎて白？

頭の中で「白くて大きくてハ虫類で、そして山間に生息……昔話の神様とか神の使いとか？」と思ったところで、くだらないと自分の考えを一蹴する。

ここいらの山にハ虫類を信仰する神社や山はなかったし、もし本当に「そういうもの」なら、キジ丸の攻撃を甘んじて受けるはずがない。

とにかく、毒を持っていたら大変なので、目にも留まらぬ速さで猫パンチを繰り出すキジ丸を背後から抱き上げた。

キジ丸は尻尾をパンパンに膨《ふく》らませたまま、整備不良のバイクのエンジン音のような唸《うな》り声を上げる。

「こら、キジ丸。落ち着け」

落ち着いて話しかけてやると、キジ丸の尻尾が徐々に元通りになっていく。

「お前は向こうのパトロールに行ってろ」

枯れ草を積み上げた山に、キジ丸をポンと放ってやると、彼は見事に着地して歩き始めるが、白い物体に未練があるようで、何度も何度も振り返った。

「さて。お前はどこからやってきた？　……と尋《たず》ねたところで返事はないか。あったら腰を抜かすからやめてくれ」

宏季はそう言いながら、オオトカゲらしきものの前にしゃがみ込む。

じっくり観察してみると、オオトカゲともどこか違うような気がした。醸《かも》し出す雰囲気というかなんというか。目が大きくてくりっとしていて可愛《かわい》い。

オオトカゲもじっと宏季を見上げた。トパーズ色の縦虹彩が朝日に反射して美しい。体を覆う鱗《うろこ》状の皮膚も、艶《つや》やかで見惚れる。

「食べられなさそうだが、嫌いじゃない」

言葉がわかるかのように、ビクンと、オオトカゲが反応した。

「キジ丸の爪痕も残ってない。結構丈夫な皮膚なんだな」

宏季は慎重に左手を伸ばし、指先でオオトカゲの小さな頭に触れる。ひやりとしていて気持ちがいい。

オオトカゲも頭を撫でられて気持ちがいいのか、それとも人間の体温が気持ちいいのか、とても大人しい。

「お前みたいな大きなトカゲは、人里に現れたら大騒ぎになる。捕獲されて見世物になりたくなかったら、山に戻れ」

オオトカゲは、スリスリと宏季の指先に頭を押しつけてから、ゆっくりと体の向きを変える。裏の林から山に入っていくようだ。

「キジ丸が悪かったな」

細長い尻尾がプルプルと左右に動いた。まるで返事だ。

こんな不思議なこともあるもんだな。

「ちゃんと隠れろよ？」

宏季は、オオトカゲが林の中に消えていくまで見守った。


「明日から麓《ふもと》の農家に切り替えになる。丁度いいタイミングだ」

祖父はそう言って、宏季が差し出した野菜を受け取る。

「猟も解禁になったら肉料理も増える」

「まあそうだけどね」

祖父は軽く頷くと、ロティサリー用の串に、鶏を丸ごと刺していく。

時間をかけてじっくりとグリルされたロティサリーチキンは、最高に旨く、店の看板メニューでもある。

「……そうだ。祖父《じい》さん、一つ訊《き》きたいことがあるんだが、大きな白いトカゲを見たことがあるか？」

宏季は「これくらい」と自分の両手を肩幅より少し外側に向けて見せる。

「トカゲ？　ヤモリなら一匹いるけどな。外壁の色に合わせて皮膚の色を変えるから、ちょうど乳白色だ」

「そうじゃなく。ヤモリなんかより明らかに大きい」

「寝ぼけてたんじゃないか？　ここで店を開いて何十年にもなるが、そんな大きなトカゲは見たことがない。……もしかしたら、山の主がひょっこり現れたのかもしれないね」

祖父のロマンティックな台詞《せりふ》は否定しない。

山や海など、不便にもかかわらず田舎を好んで住む独身男は、大抵ロマンティストだ。かと言って、自分もそうとは言えない。宏季の場合は、都会の喧噪《けんそう》がどうにも性に合わなかったという理由だけだ。

「それよりも宏季。お前もそろそろ料理を覚えてほしいんだがな。俺に何かあったら、この店をどうするんだ」

「え？　休む」

キッパリハッキリ言った宏季に、祖父が「そうじゃないだろ」とため息をついた。

「俺は、薪ストーブとピザ用の釜を作った」

「おう。あれは最高だった」

「畑を作って野菜を育ててるのも俺」

「おう。俺は完全無農薬ってのをやりたかったんだ」

「兎と鶏の小屋を作ったのも俺。世話してるのも俺」

「ありがとうな」

「掃除と洗濯だってしてる」

「料理は俺が作ってるけどな」

「だから」

「だから？」

「料理を覚える余裕は、俺の頭にはないから」

宏季はムッとした顔で言うと、祖父が用意してくれた朝食用のサンドウィッチとコンソメスープの入ったマグカップを持ち、再び外に出た。

ガーデニングなんて気取った庭はないが、好き勝手に生えた草花は鶏や兎たちの「おやつ」になる。

宏季は足元の鶏を避けながら、古ぼけたベンチに腰を下ろしてサンドウィッチにかぶりついた。

しっかり焼き色をつけたライ麦パン、シャキシャキのレタスに水にさらして辛みを取り除いたタマネギ、香ばしいスモークサーモン、クリームチーズとマヨネーズで作ったソースが絶妙に絡み合い、あまりの旨さに食べながら笑顔が出てくる。

祖父は「具材をパンに挟んだだけなんだけどな」と、いとも簡単なように言うが、それだけの腕があるから言えるのだ。

俺にこんなの作れって言われても、無理だっつーの。

一つ目のサンドウィッチを腹に収め、マグカップに息を吹きかけながらコンソメスープを一口飲む。旨い。

今日のランチを食いに来た客はラッキーだな、こんな旨いコンソメスープがセットで付いてくる。

そんなことを思いながら、宏季は二つ目のサンドウィッチに手を伸ばした。

今度はロティサリーチキンとベーコンのがっつり肉系。風味がほんのりフルーティーなのは、ソースにオレンジを使っているからだ。宏季は「果物と肉を合わせるの反対。酢豚のパイナップルなんて言語道断派」だったが、祖父の料理で世界が広がった。今まで自分が文句を言っていた肉と果物の合体料理はなんだったのかと、愕然《がくぜん》とするほどに。

「はは、うまっ」

零《こぼ》れ落ちるパンクズに、鶏たちが寄ってくる。

それと同時に、さっき見た白いトカゲがのっそりとこちらに向かってきた。

鶏たちはトカゲが平気なのが、寄ってきても逃げない。

トカゲは、宏季が食べているサンドウィッチを、トパーズ色のつぶらな瞳で、じっと見上げた。

「もしかして、腹減ってんのか?」

トカゲに尋ねてみると、頷いた。いや、頷いたように見えた。動物たちと長く暮らしているると、無意識のうちに擬人化させてしまう。人間の言葉がわかるかのような錯覚は、今までも何度もあった。

だから、今頷いたように見えたのも、ソレだろう。

「食う?」

じっと見つめられるのはイヤだし、本当に腹が減っているなら可哀相《かわいそう》だ。

狩猟をするくせになんだその感情はと言われるかもしれないが、元々宏季は害獣駆除のために銃を手にすると決めた。今目の前にいるトカゲは、少なくとも宏季の目には害獣に見えない。

宏季はサンドウィッチを半分に千切《ちぎ》って、トカゲの鼻先に差し出した。

ふんふんと匂いを嗅いでから、トカゲは口を大きく開けて一口でサンドウィッチを平らげた。いい食べっぷりだ。

だがそれでは足りないのか、トカゲは再び宏季をじっと見上げる。

トカゲとサンドウィッチを交互に見てから、宏季は「仕方ねえな」と小さく笑い、トカゲの鼻先に「ほれ」と差し出した。

「旨いだろ? 今度こそ、ちゃんと山に帰れよ?」

頬を染め旨そうにサンドウィッチを頬張るトカゲに、宏季は優しい声を掛けてやる。

小さな額を指先で撫でてやると、ひやりとした感触がちょっと気持ちいい。

すると、トカゲは三度宏季を見上げ、ちょこんとお辞儀《じぎ》をした。したように見えた。

「お前、礼儀正しいのな」

宏季は目を細めて笑いながら、マグカップを両手で摑んだ。

トカゲはのんびりと体の向きを変えて、ゆっくりと山に入っていく。時折日光に照らされる背中は、やはり金色に光って見えた。

満腹にはならなかったが、トカゲが喜んでくれたようでちょっと嬉しい。

「やっぱ俺……ここに住んでよかった」

都会では、こんな体験はできない。

山鳩の鳴き声、鶏たちが自由に歩き回る庭。好き勝手に穴を掘っては雑草をかじる兎たち。

俺にとってここはホント、天国と同じだ。

宏季は空の皿とマグカップを持って立ち上がり、厨房へと続く道を歩き出した。


暴走とも言える凄いスピードで、深紅のミニクーパーが従業員駐車場に止まった。

テラス席のテーブルを拭いていた宏季は身を乗り出して、車から出てきた女性に「相変わらずだよな」と呆《あき》れ顔を見せる。

「はっはー！　おはようございます！　宏季さん！　相変わらずいい男だよね！」

「そりゃわかったから真姫《まき》、さっさと中に入って支度しろ！」

「了解です！」

真姫と呼ばれた前髪パッツンのボブヘア美少女は、宏季に笑顔を見せて店に走った。

日下部山荘のランチは十一時半から二時半までの三時間。

その間、真姫がメインで客をさばく。一人で大丈夫なのかという心配は無用だ。彼女は「天性の給仕」。涼しい顔で八面六臂《はちめんろつぴ》の働きをする。

客の半分は麓の町からやってくる常連だが、半分はいつも新しい客だ。ブログやツイッターなどのSNSで、日下部山荘を知ったのだろう。大体みな、料理が出るたびに写真を撮っている。

本日のランチは、鶏肉のミートボールスパゲティー。それにコンソメスープ、自家製のパンとサラダ、デザートは甘さを控えたティラミス。ランチに出すパスタはどれも、複数で食べに来た客たちには大皿で提供するので、見た目に迫力がありみんなこぞって写真を撮った。

その大皿を持つのは力のある宏季の仕事で、常連たちには「いつも凄いよね、宏季君」と言われる。その間を、フットワークのいい真姫が皿やカトラリーを載せたトレイを持って、泳ぐようにするすると歩いた。

厨房から「できたよ！」と声を聞いては、客のテーブルまで料理を運ぶ。

「料理を運ぶ、空の皿を下げる」という最低限の接客しかしない宏季はお世辞にも愛想がいいとは言えないが、その分、真姫が笑顔で対応した。


「そんじゃ私、ディナーの時間になったらまた来ますね！　いつもお弁当ありがとうございます！」

ランチの三時間みっちり働いた真姫は、祖父特製の弁当を持って麓に帰っていく。

ディナーは六時からなので、空いた時間は好きに使う。

真姫は麓に帰り、宏季はここで薪を割る。

「お前も麓に下りて遊んでくればいいのに」

ツナギ姿で軍手をはめた宏季に、祖父がつまらなそうに言った。

「祖父さんはひ孫の顔が見たいなと」

「いや、別に女に興味ないし……というか、香水とか人工的な匂い嫌いだから」

十代で結婚した祖父はまだ若く、きっと孫が宏季でなければ、ひ孫の成長も見守ることが

か？

できただろう。

「前から訊こうと思ってたんだけど、お前はゲイなのかい？」

いやいやいやいや。ちょっと待て祖父さん！　あんたは自分の孫をずっとゲイだと思ってたのか？

宏季は真顔で首を左右に振った。

「だったら真姫ちゃんなんてどうだ？　働き者だし可愛いし元気だし」

「あいつ二十歳だぞ？　俺は二十七で、年が離れすぎてヤバイ。あと、彼氏いるから」

「え？　そうなの？　残念だな。じゃあ宏季、二十七なら見合いでもするか？　実はね、何件かそういう話があってね。それで……」

祖父の話を最後まで聞かず、宏季は厨房から外に出た。

本当は薪なんて、昨日、一週間分は割っている。それでもやることはあった。小屋の修繕や、畑の柵の修繕。

今朝のオオトカゲがまた来ていたらちょっとは気持ちが晴れるだろうか。

「……見合いってなんだ、見合いって」

女性に興味はないが、嫌いなわけではない。こんな人なら……という理想もある。が、甘いフレグランスと化粧臭さが苦手な宏季の希望を満たす女性は、なかなかいない。

祖父が自分の行く末を心配してくれているのはよくわかっているが、料理のことはともかく、女性に関しては放っておいてくれるとありがたい。

眉間に皺《しわ》を寄せて小屋の修理をしていた宏季のもとに、ネズミを銜《くわ》えたキジ丸がやってきた。彼はいつも自信たっぷりの表情で、獲物を見せに来る。

「今日は大漁だな」

キジ丸はネズミを銜えたまま喉をブロブロと盛大に鳴らし、宏季の足に体を擦りつけて甘えた。

宏季はキジ丸の獲物を受け取り、よしよしと頭や背中を撫でて「祖父さんのところでメシ食ってこい」と尻を叩いて歩かせる。

ネズミを狩ってくれるのは嬉しいが、万が一食べて病気になったら困るので、いつも宏季が処分する。その場に簡単に穴を掘り、獲物を入れて埋める。きっちり埋めないと掘り返される可能性もあるので、最後に必ず自分の体重を乗せた。最初は「うわー……」と引いてしまったが、今ではもう慣れたものだ。

小屋の隙間を木片で埋め、板で補強を終えたところで立ち上がる。

少し喉が渇いたので、厨房で何か飲もう。祖父ももう、見合いだの彼女だのの話題は忘れた頃だろうからと、宏季はうっすらと汗の滲《にじ》んだ額を、軍手をはめたままの手の甲で拭った。

業務用の冷蔵庫から麦茶のポットを取り出して、グラスに注ぐ。夏の飲み物とも言える麦茶がこの季節も常備してあるのは、祖父の好物だからだ。

一口飲むと、香ばしい香りが鼻を抜けていく。気持ちがいい。

クッキーの入ったガラス容器に手を伸ばし、一個失敬する。旨い。

ディナー前に、ちょっと腹に入れておきたいな。昼飯だけじゃ持たない。

そんなことを思っていた矢先、店のドアベルが鳴った。

宅配の配達員も郵便配達も、裏から回って厨房のドアをノックする。だからドアベルを鳴らしたのは、ディナーの時間を間違えた客か、それとも「取りあえず来ちゃった」系の面倒臭い客だ。

宏季は麦茶を飲み干し、厨房脇のスイングドアからフロアに向かう。

「店は六時からで……」

途中で宏季の言葉が止まる。

「こんにちは」

こんな綺麗《きれい》な顔は初めて見た。

前髪は長いが襟足は短い、白っぽい金髪。ヒヨコの羽に似てる。鼻筋の通った、整った小顔。目の色は薄口醤油の色に似てる。とにかく、全体的に色素が薄い。なのに華奢《きゃしゃ》に見えないのは、長身のせいだ。

……俺よりデカい。綺麗なだけでなく、デカい。

宏季は顔を上げて、自分をニコニコと見つめているスーツ姿の美形を見る。

「えっと……お客、さん？」

緊張すると目つきが余計悪くなるが、これはもう仕方がない。宏季は眉間に皺を寄せて、辛うじてそれだけ言った。

「恩返しに来ました」

「は？」

首を傾げたところで、ガッと物凄い勢いで肩を掴まれる。

「おい！」

「俺！　あんな風に人に優しくしてもらったのは初めてで！　すっごい嬉しくて！　まだ人も捨てたもんじゃないなって思ったら、山に帰るのが勿体《もったい》なくなった！」

次にガッと力任せに抱き締められて、耳元で「大好きだよ。宏季」と囁かれた。

ふわりと、朝露で濡れた森と土の、清々しい香りがして戸惑う。

ああもう少しこの匂いを嗅いでいたいな、気持ちがいいなと思ったが、すんでの所でとどまった。

なんで……なんでこいつ俺の名前を知ってるんだ……？　というか……なんでコイツ、俺

のこと抱き締めてんだよっ！

我に返った瞬間、宏季は渾身《こんしん》の力で相手の腕を振り解いて後ろに飛んだ。テーブルに太腿がぶつかったが、痛みを気にしてる暇はない。

「恩返しをして、愛を育みたい！　これからよろしく頼みます」

キラキラした笑顔でわけのわからないことを言うな！　お前は変態か！

声に出したら何か物凄い反撃を受けそうだったので、宏季は心の中で怒鳴った。

「もしかして照れてる？　そんな照れなくていいのに」

「だっ、誰が照れるかよっ！　撃ち殺すぞてめえ！」

「……宏季、何やら物騒《ぶっそう》な言葉が出てきたけど、どうしたんだ？」

祖父が慌てて二階から下りてきて、やはり、謎の男を見て固まる。

だが、その反応は宏季とはまったく違った。

「いやあ綺麗だね！　素晴らしいね！　トレビアンだね！　眼福《がんぷく》とはこのことだね」

いきなり瞳を輝かせ、ジーンズのポケットに入っていた携帯端末を取り出す。そして謎男の写真を撮りまくった。

「祖父さん！　こいつは！　不法侵入！」

「いやでも、美しいから、ここは目を瞑《つむ》ってあげよう。フランスでシェフをしていた頃を思い出すよ。やはりね、美しいものは愛《め》でないといかんね！」

「あなたもいい人なんですね？　俺は宏季に恋して、恩返しがしたくて、最終的に愛を育むべくここにやってきました。これからよろしくお願いします」

謎男は深々と頭を下げ、またしても輝くような微笑みを浮かべた。

「そうかそうか。いくらでもここにいるがいい。母屋《おもや》においで！」

待て、ちょっと待て。祖父さんは見てないが、こいつは俺に抱きついてきたんだぞ？　そんな変態を母屋に置けるか！

宏季は呼吸を整え、謎男を睨みつける。

「おい。お前は何者だ。なんで俺の名前を知ってる。恩返しってなんだ。恩なんて売った覚えなんかない。忘れられないインパクトだろ、その顔。あと、愛を育んだりしない。絶対にだ」

冷静に冷静に。できるだけ淡々と。

すると謎男は、惚れ惚れする笑顔を浮かべてこう言った。

「俺の名前は『守《まもる》』。今朝、宏季に助けてもらった家守《やもり》です」

テーブルの一つに腰を下ろしたまま、宏季は冷や汗を垂らしていた。

こんなことがあるはずがないと、己に言い聞かせる。

祖父は「まあ、長い人生、こんな不思議なこともあるだろう」というスタンスで、三人分のお茶を作った。裏庭に群生しているペパーミントで作ったハーブティーを一口飲んで、気持ちをスッキリさせる。

「……俺をからかって楽しんでるんじゃないのか？」

「まさか！　俺は人間をからかったりしない。第一、そんなことをしても、なんの得にもならないですから」

「本当にヤモリなのか？　ヤモリって、もっとこう……小さくて可愛い生き物じゃないのか？　俺が触ったヤツはデカかった」

「自由自在に侵入できるヤモリだからこそ、俺は君の名前を知っていたとは思いませんか？　宏季は一度も俺に名乗ってないですよ？」

「ヤモリが人になるかよ」

「じゃあ、正体を見せてあげます！」

守と名乗った「家守」は、席を立つ。

……と、瞬きする間もなく、テーブルの上に乳白色の小さなヤモリが出現した。トパーズ色の大きな目玉と、小さいくせにちゃんと五本ある指が可愛い。

「ちっさ！」

「このサイズだと、いつも俺が見るヤモリだなあ」

宏季は鼻で笑い、祖父は真顔で言う。

「……本当にハ虫類だったのか。今朝と大きさが違うのはどうしてだ？」

驚いたり怒鳴ったりするのが疲れてきた。

宏季は、今は深く考えることをやめて、目の前に存在する「現実」を仕方なく見つめた。

「実は……今朝はこの山から出て行こうと思っていた。もう人間の面倒を見ているのも、それこそ面倒になってきていたし、去年、俺の住処《すみか》だった沢が用水路に工事されてしまったので。この家は急な住み家としては使えたが俺の本来の住処じゃない。共存はなかなか難しい。だから、もう人間を見捨てちゃってもいいと、そう思ってた。そんなとき、俺はここの飼い猫に襲われたんです」

小さなヤモリのくせに、滑舌《かつぜつ》はいいし、ため息もつく。滑らかなクレイアニメーションのような光景。

宏季はハーブティーを飲んで、ヤモリを観察した。

「人間には絶対に知られない、俺たちの里があるんです。そこに帰ろうと思いました。俺の本来の大きさは、宏季が朝見たサイズ。今のサイズは、人間に見られてもいいようにサイズ調整してる」

「人間を見捨てて里に帰るって……あれか？　もしや、座敷童《ざしきわらし》的な何かなのか？」

「そうですね。俺にあそこまで家を繁栄させる力はないけど、文字通り、家を守ることはできますよ」

それまで黙って聞いていた祖父が「三年前の土砂崩れのときも、もしかして？」と守に話しかける。

三年前の夏に桁《けた》違いの暴風雨で裏山が崩れ、宏季は祖父を連れて麓の避難所まで避難した。日下部山荘と母屋は駄目だと諦めていたのだが、天候が回復して戻ってみると、日下部の敷地だけがなぜかまったくの無傷だったという出来事があったのだ。

あのときは「奇跡？」「偶然？」「神様的な何かっぽい」「とにかく凄い」と近隣でも噂になった。宏季は奇跡なんて信じていなかったが、祖父が大事に大事にしてきた山荘と、自分の思い出が詰まった母屋が土砂で流されずに済んで心から安堵《あんど》したのを覚えている。

「そうです。あのときは俺も焦ってたから自分の山を守るのが精一杯で、主のいない山までは気が回らなかったけど」

「ありがとう！　君は美しい上に我が家の恩人だ！　恩を返すなんてとんでもない！　むしろ、俺たちが君に恩を返したい！」

この守とかいうヤモリが本当に日下部山荘を守ったという証拠はない。

だが祖父は、守の前脚を右手の指でそっと撫で、泣きそうに顔を歪《ゆが》めて「ありがとう」と何度も頭を下げた。

「俺は『家守』として当然のことをしただけです。そんなことより、人間を見限って里に戻ろうとした俺の凍《い》てついた心を溶かしてくれた宏季こそ、俺にとっての恩人。家守の本来の仕事を思い出させてくれた大恩人です。宏季……いや、宏季さんと呼ばせてもらいます！」

「俺はただ……キジ丸がトカゲを食べたら困るから助けたんだし、腹減ってたトカゲに朝飯分けてやっただけで、恩人なんてたいそうなもんじゃない」

宝石のような綺麗な瞳を向けられると対処に困る。妙に可愛くて、心の奥がムズムズする。

「お祖父さん、俺をここに置いてもらっていいですか？　宏季さんに恩返しをしたいんです。そして……できれば幸せにしたいなと思っています。愛を育みたいんです」

は？　なんだ今の台詞は。

そっぽを向くのをやめて眉間に皺を寄せて守を見ると、守は目を輝かせて「幸せになりましょうね」と言ってきた。意味がわからない。

「あれかい？　守君は宏季が好きなのかい？　ラブ的な意味で」

「はい！　俺の命の恩人ですし、俺に食べ物を分けてくれて、頭を撫でてくれました！　七百年ほど生きてきましたが、こんな素晴らしい人間に、俺は今まで出会ったことがありません！　だから絶対に幸せにしてあげたいんです！」

七百年の言葉に、祖父は感激し宏季は目を丸くする。

「昔はね、みんな俺のことを敬《うやま》ってくれたんですよ？　ここいらの山にも人が大勢住んでいて、祭りのときは楽しかったなあ。でも、だんだん人が少なくなっていって、俺が守る家は、今はここだけです」

「守君」

「はい」

「恩返しと言わず……好きなだけここにいてくれていいからね？　俺の孫は愛想がなくてぶっきらぼうだから誤解されやすいけど、祖父思いのとてもいい孫なんだ。だから宏季をよろしく頼むよ。俺は宏季が幸せならもう相手の性別は気にしない。気にしてたら、俺が墓に入るまで一人でいそうだし」

「わかりました！　喜んで！」

守は家守から人間に変化した。

「勝手に話を進めんなよ。なんだよ祖父さん、こいつを住まわせるって」

宏季はテーブルを叩き、守を睨む。

「恩返しをしてくれるんだからいいじゃないか。しかもお前を好いてくれている。それに俺が世帯主だぞ、宏季」

「それはわかってるけど……っ！」

性格は悪そうに見えないが、相手は「家守」という人外だ。土地や家を守る生き物らしいから、精霊のようなものだろうか。守は恩返しと言ったが、人外の恩返しが人間にとって嬉しいものとは限らない。

「あと」

祖父は宏季と守の二人を交互に見つめ「宏季がそんな風に狼狽《うろた》える姿はめったなことじゃ見られないから、凄く楽しいな」と言った。


トカゲの恩返しって……一体何をするんだ？　鶴じゃないから機織《はたお》りできないだろ。あと、腰が低いようでいて図々しい。俺に抱きついて「好き」って言ったり、「幸せにする」って言ったり。そういうのは、結婚を約束した恋人とかに言う台詞だろうが。

宏季は不機嫌な顔のまま、庭や畑を歩き回っていた鶏と兎を小屋に追い立てる。キジ丸も、牧羊犬よろしく手伝った。ただし彼は、隙あれば狩ろうとするので、体勢を低くして尻を振り出したら、「こら」と叱らないと大変なことになる。

祖父と守は、車で麓に出かけた。

着るものや身の回りのものを買いに出かけたのだ。

「トカゲがスーツ姿になれたんだから、他の服だって出せるんじゃないのか？　ったく。祖父さんもお人好しだ。……キジ丸！　その兎は祖父さんのペット！　狩るな！」

瞳をランランと輝かせて尻を振っていたキジ丸を大声で叱って、小屋に入った鶏と兎の数を数えた。よし揃ってる。

水と餌をそれぞれ用意し、窓に張ってある網戸が壊れていないか確認してから、ドアを閉めた。

キジ丸が足元に寄ってきて、じっと宏季を見上げる。

「今度はお前のメシだな。ほら、一緒に中に入ろう」

宏季はキジ丸のむっちりした体を抱き上げ、厨房裏のドアから日下部山荘に入った。

その頃には外は真っ暗で、宏季はキジ丸の脚を丁寧に拭いてから床に下ろし、たっぷりの水と餌を与える。

キジ丸が低く唸りながら食事をする様をじっと見つめながら、宏季はため息をついた。


「すっごい綺麗なんだけど！　あとおっきい！　なんなの？　守さんってモデルさん？　うわー、目の保養だわ！　女性客がめっちゃ増えそう！　いや増えるね！」

ディナーが始まる二十分前に日下部山荘に戻ってきた真姫は、守を見て盛大にはしゃいだ。

「そうですか？　真姫ちゃんも凄く可愛いですよ？　一緒に仕事ができて嬉しいです！」

守は真姫と同じように、白のワイシャツに黒のエプロンをつけ、ニコニコと微笑んでいる。

「ヨーロッパにずっと住んでたのに、日本語上手！　一緒に頑張ろうね、守さん！」

祖父は守のために、彼の新しいプロフィールを考えた。

日下部家の遠縁の外国人でヨーロッパ暮らしをしていたが、祖父を頼ってここに来た。日本に慣れるまではここでのんびりと働く……ということにしたらしい。

これで髪や目の色の疑問はなくなるだろうが、これだけ綺麗な顔をしていたら真姫ではないが女性客とのトラブルが増えそうだ。

そしておそらく、トラブルを対処する仕事は自分に回ってくるだろう。宏季は今から憂鬱《ゆううつ》になる。

「宏季さん、これからよろしくお願いしますね！　俺、頑張っていっぱい働いて、宏季さんを幸せにしますから！」

「宏季さんと守さんって付き合ってたの？　今まで遠距離だったのか！　察しちゃった！　そうかそうか。やっぱ宏季さんゲイだったのか。まあ頑張ってね。私、応援するから」

真姫は晴れやかな笑顔で、守と宏季の背中をバンバン叩いた。

「違う、おい、真姫。ちょっと待て」

「誰にも言わないから安心していいよ？　宏季さん。……でもこれで、宏季さんが男にモテる理由と彼女を作らない理由がわかって、私の心はスッキリ！」

勝手にスッキリするな。それに、俺が男にモテるとはどういうことだ？

宏季は顰《しか》めっ面で真姫に詰め寄るが、彼女が自分を見上げて「私、結構ガードしてあげてたんですよ」と言った途端《とたん》、背中に嫌な汗が流れた。

「そうですよね。宏季さんって男らしいというかカッコイイから、同性に好かれるタイプだと思います。俺も彼の男らしい笑顔と優しさに……心を射貫《いぬ》かれました」

「いつも不機嫌そうな顔してるのに、たまに見せる笑顔が格好いいんだよね！　わかる！射貫かれる！」

この家守！　家を守る人外のくせに、そういう人間の下世話な話に合わせるな！　そして真姫も納得したように頷くなっ！

宏季は心の中で叫び、これ以上こいつらに関わっていられないと厨房に入った。

その日のディナーは、案の定というかなんというか、女性客の勢いが凄かった。

そりゃそうだろう。キラキラ美形に「いらっしゃいませ」と言われて微笑まれて、頬を染めないわけがない。

常連客に捕まって、根掘り葉掘り訊かれ、ちょっと困った顔で微笑みながら答えている姿は意外にも可愛らしくて、「綺麗なのに可愛いってどういうこと？」と女性客がざわめいた。

日下部山荘の方針が「料理以外の写真はＮＧ」で本当によかったと思う。

宏季はテーブルの上を片づけながら、連絡先の書かれたメモをエプロンのポケットに入れられている守を見て、そう思った。

「あのー宏季さーん」

注文を受けたワインを地下倉庫から持ってきたところを、真姫に捕まる。

「どうした？　料理が重いなら運んでやるぞ」

「駒方《こまがた》さんが来てます」

「あー………」

「なんなら私が断ってきましょうか？　宏季さんには遠距離恋愛をしていたキラキラ美形の彼氏がいますって。そうしたらあの人も考え直してくれますよ」

真姫は真剣な顔で宏季を見上げる。

「何も言わなくていい」

宏季は真姫の肩を優しく叩いて、持ってきたワインを彼女に渡した。そして、お気に入りの席に腰を下ろしている客のもとに向かう。

「やあ、宏季君。久しぶり」

にっこりと上品な笑みを浮かべるスーツ姿の男は、「はいはい座ってー」と宏季を座らせようとする。

「駒方さん、俺、仕事中です」

「フロアなら、あの二人で十分足りているじゃないか。俺と少しおしゃべりしていっても大丈夫だろう？　一緒にワインを飲もう」

自信満々に言い切り、腕を摑まれて強引に座らされた。いつものことだが、眉間に皺が寄ってしまう。従業員という立場では、ここで「嫌だ」と声を荒らげることはできない。

「今日、ようやく一仕事終えたんだ。これでまた、しばらくは毎日通ってこられる。仕事は面倒だけど、ある程度はやっておかないと周りがうるさいからな」

駒方は名前を出せば誰でも知っている一流企業の経営者一家の御曹司《おんぞうし》だが、「俺は末っ子だから」と言って、持ち株の配当で生活しているらしい（本人が勝手にしゃべった）。

仕事はあまり好きではないらしく、麓の別荘で優雅に暮らしている。通いのハウスキーパーが家事をやってくれる羨《うらや》ましい身分だ。精悍《せいかん》で、いかにも「仕事できます」的な鋭い容姿なのに呑気《のんき》なところが女性に受けるのか、一緒に食事をする女性が毎回違う。

三年前に日下部山荘のことを知り、それから週に三回は通ってくる常連客となった。

「今夜は一人なんですね」

「言うねえ。俺は一人で来る方が多いだろ？　そうだ、今度、俺と一緒に遊びに行かないか？　新しい車を買ったからドライブがしたい」

「店があるんで無理です」

「日下部山荘にだって定休日はあるじゃないか。東京に、面白い遊び場所を見つけたから」

「俺は、人混みは嫌いなんで無理です」

「本当に、いつも無理ですしか言ってくれないんだね。でも、どうしたら君を落とせるのか考えるのも、なかなか楽しい」

出たよ、この坊っちゃんホモ。いやバイセクシャル？　もうどっちでもいい。あんた三十才だろ？　こんなところでフラフラしてないで、地に足を付けた生活をしろ。

……一応客なので、こんなことは言えない。だから宏季は心の中で悪態をつく。

「ところで、モデルみたいなキラキラした美形がいるんだけど、遠縁の子なんだって？」

「はい」

「あの髪の色、本物かな？　ああいう白っぽい金髪って初めて見た。ほんと、人形みたいに綺麗だね。俺より背が高いのが腹立つけど」

「身長に関しては、同感です」

宏季は一七八センチで、駒方は一八〇ある。大学時代は頼まれてモデルをしていたらしい（と、これも本人が勝手にしゃべった）。

そこへ守が「お待たせしました」と言ってロティサリーチキンのハーフとパンを持って現れる。

仕事初日のわりには堂に入っていてミスもない。ついでに笑顔が最高ときた。

「疲れてんなら替わるぞ」

「大丈夫。凄く楽しいです」

「無理すんなよ」

すると守は嬉しそうに目を細め、「はい」と言って仕事に戻る。

「あのさ」

「はい？」

「鳶《とんび》に油揚をさらわれるって……こんな気持ちなのかな。無性に腹が立つんだけど。俺の誘いには少しも乗らないくせに、今日来たばかりの遠縁の子にはあんなに優しいんだ、宏季君」

は？　俺がいつ、守に優しくしたって？　頑張ってる新人に気を遣っちゃ駄目なのか？

宏季の眉間に皺ができた。

「まあ、不幸中の幸いは、君が鈍感で何もわかっていないってことかな。長々と引き留めてしまって悪かった」

まったくだ……なんて口には出さす「ごゆっくりどうぞ」と言って、席を立つ。

帰りがけに客のテーブルに寄って「失礼します」と言って空いた皿を下げて厨房に戻った。

フロアに二人いると随分《ずいぶん》楽だなと、宏季は皿洗いをしながら思った。

「山荘でムール貝のワイン蒸しって……どう思う？　宏季」

祖父にいきなり声を掛けられて、宏季は「旨ければ」と答える。

「いや、それはそうなんだが……山荘なのに海の幸は納得がいかないというか……。いっそエスカルゴにしてみようか」

「俺の食えない食べ物を作られるとツライ」

エスカルゴが苦手な宏季は、渋い表情を浮かべて、今度はグラスを洗い始めた。

「山菜は春だし、この時期はキノコだろ。明日はキノコ取りに行こうか？　俺」

「だったら俺も一緒に行きます！　お供させてください！」

守がスイングドアを勢いよく開けて厨房に入り、宏季に皿を渡しながら瞳を輝かせる。

「え」

「俺を連れて行けば、毒キノコを間違って取らずに済みますよ！」

「トカゲもキノコ食べるのか？」

「トカゲじゃなく家守です。はい、キノコは美味しいので大好きです。ね？　宏季さん、一緒にキノコ狩りに行きましょう」

どうしようかと思って祖父に視線を移すと、「トリュフを取るときも、犬や豚を連れて行くじゃないか。家守の守君なら、きっといいキノコを探してくれるよ」と、誰のフォローにもならないことを言った。

真姫はまかないを食べてすぐ、「また明日ねー！」と言って、愛車に乗って元気よく麓に帰っていった。

残った三人でフロアと厨房、トイレの掃除を終わらせて、戸締まりをして母屋に戻る。

山荘の隣にある母屋の鍵を開けると、玄関先の籠《かご》の中で眠っていたキジ丸が目を覚ました。

キジ丸は最初はゴロゴロと喉を鳴らしていたが、守の姿を見て目をまん丸にする。

「お前は正体がわかってると思うけど、狩るなよ？　今日からここの住人だ」

宏季は、自分の背中に隠れて「怖いデス！」と震えている守を指さし、キジ丸を宥《なだ》めた。

「守君の部屋は宏季と一緒でいいね？」

日下部山荘と同じ造りの母屋は、丸太の壁とフローリングの床で、リビングとダイニングキッチン、バストイレの他は部屋が二つしかない。

部屋の一つは祖父が使っているので、必然的に、宏季と守は同じ部屋になる。

十畳ほどの広さはあるが、ベッドはセミダブルなので男二人で寝るにはツライ。いや、他の意味でもツライ。

「仕方ない。お前、布団だからな」

「布団で寝るのは初めてです。宏季さんが寝ているところを覗《のぞ》いたことはありますが」

え？　今の台詞、さらっと言っていい台詞か？

宏季は眉間に皺を寄せたが、祖父が「湯を溜めてあるから、先に風呂に入ってこい」と言ったので、うやむやになった。

「風呂に入るのも初めてです。覗いたことはありますが」

「……家守、だからか？」

「はい。たまに、あそこらへんにへばりついていたんですよ？」

守は天井を指さしてから、楽しそうに服を脱ぐ。彼は、宏季が「洗い物はここだ」と指さした籠に脱いだ服を全部突っ込む。

「そうだ。あとで洗濯機の使い方とか洗濯物の干し方を教えてくださいね。ここは普通に恩返しらしいことをしたいです」

「おう」

前を隠すこともせず、全裸でニコニコと立っている守に、宏季は視線を逸《そ》らして「風呂の使い方教える」と先に浴室に入った。

ついてるものは一緒でした……！　あと、身長に合わせてるっぽくて、ちょっとデカイ。卑《ひ》怯《きょう》だろ。

何がとは言いたくないが、ちょっとデカイ。本体は家守なのに、なんだよ、あの体つき。

細マッチョ。しかもバランスがいい。

「人間に変身するときは、やっぱあれか？　万人に好かれる顔かたちになるのか？」

宏季は「赤いのがお湯で、青いのが水」と蛇口を指さして教えてから尋ねた。

「勝手に選べませんよ。俺、家守の中ではかなり上位の美形なので、人に変化するとこの通りに。美形の家守は美形の人間に、それなりの家守はそれなりの人間になります。俺はこの人間の姿が気に入っていますが、宏季さんはどうですか？　俺のこの顔、好き？」

「は？」

「なんのひねりも加えてない、正確な変化ですが……俺のこの顔、好きですか？　宏季さん」

「まあ、キラキラしてて綺麗だと思う。最初見たときビックリしたし」

「よかった！　不細工《ぶさいく》にしようと思っても不細工にできませんから！　ホント、元が美形だから俺！　よかった！」

「ウザい」

全裸ではしゃぐ守を無視し、宏季は浴槽に張っていた湯を止める。

「シャワーは、このフックを上にすればいい。シャンプーとリンスは、そこにあるのを適当に使え。ボディソープはこっちな。体を洗うときは、このボディブラシを使え」

「はい」

「シャンプーとリンスとかって、意味わかる？」

「俺はこの家の家守ですよ？　知らないわけがない」

あーそうですか。

宏季は「じゃあ、脱衣所にパジャマを用意しておくから」と言って浴室を出ようとしたが、いきなり守に手首を摑まれた。

少しひんやりしていて気持ちがいい。

「恩返しをしたいのに、どうして出て行こうとするんです？　これから毎晩、俺に宏季さんの体を洗わせてください」

キラキラした美形が、眉を下げて困った顔をする。ヤバイ、ちょっと可愛い。

だが宏季は、「それはない」と首を左右に振った。

「俺はあなたに恩返しをするために来たのに、そんなの酷いです」

いやいや、恩返しの仕方が酷いと思います。

宏季は守を睨んで「放せ」と言った。

そこに祖父が「入浴剤を使うか？」と笑顔で脱衣所に入ってきて、しばし動きを止め、慈愛の微笑を浮かべる。

「セーフセックスを心がけるように。相手が人外さんであっても絶対だ。むしろ人外さんだからこそ、男でも妊娠する可能性がある。ひ孫は見たいけど……大事なことだから言っておくぞ、二人とも」

さすがはヨーロッパで長いことシェフをやっていたことがある祖父の言葉だ。きっといっぱいいろんなものを見てきたんだろう。なるほどな。愛は性別と種族を超えるらしい。宏季は別の意味で目頭が熱くなった。

山の夜は寒い。

宏季は、湯上がりでホコホコに温まった体で自分の部屋に向かう。手には缶ビールが二本。家守だろうがなんだろうが、人間の姿になっているならアルコールぐらい飲めるだろうと、宏季は部屋のドアを開けた。

「なんだ。明かりをつけて……」

つけていないのか、とは言えなかった。

守が薄暗い部屋の中でふんわりと光っている。布団の上に正座したまま今にも消えそうな淡い光を放ち、目を閉じていた。

長いまつげに影が落ちている。誘うように、唇がうっすらと開いていた。静かな呼吸に胸が上下している。淡い光の中にいる守は、水面に映る月のように揺らいでいた。

ああ綺麗だなと、素直に思う。

着ているのは安物のパジャマなのに、そんなのどうでもいいくらい、綺麗だ。

じっと見つめていると、ふいに守の目が開いた。

「お帰りなさい、宏季さん」

守はドアのところに突っ立ったままの宏季に人なつこい笑顔を向ける。

「あ、ああ」

見惚《みと》れていたなんて、そんな恥ずかしいこと言えない。宏季はぶっきらぼうに返事をすると、ベッドの上に転がっていた照明のリモコンを押して部屋を明るくした。

「ほれ、一本やる」

「おお。これは……ビールですね！　ありがとうございます！」

「飲んだことある？」

「いえ。今が初めてです」

そう言いながら、守は器用にプルトップを開けて「いただきます」と言って一口飲む。

プルトップの開け方も人間を見て覚えたんだろうか。

宏季は小さく笑って、自分も缶ビールを一口飲む。

湯上がりの一杯は格別だ。

どうだ旨いだろと守の顔を見れば、気持ちよさそうにゴクゴクと喉を鳴らしていた。

「これ旨い！　俺はワインよりこっちが好きです」

夕食のまかないを食べながら飲んだワインより、ビールが旨いだと？　最高じゃないか。

宏季は小さく笑い、「俺もワインよりビールの方が好きだ」と言った。

「気が合いますね。俺絶対に宏季さんを幸せにしますから！」

「なんでそうなる。というか、さっさと恩返しをして山に帰れ」

「照れ屋さんだ。もっと素直になってください」

「照れてない」

話し始めるとペースを乱されるというか、ちょっと意味が通じなくなる。

宏季は無言で缶ビールを空にした。

「あの……俺がここに寝ていいんですか？」

「ん？」

「添い寝しなくても大丈夫ですか？」

こいつは本当に……何を言ってるんだ？　なんで男の添い寝が必要なんだよ。そんなの恩返しでもなんでもない、ただの嫌がらせだ。

守は真顔でベッドに顎《あご》を乗せ、目をまん丸にしている宏季を見上げる。

「俺よりデカいくせに、上目遣いやめろ」

「そんなことを言われても」

「恩返しをしたいっていうなら、レストランの手伝いをすればいい」

「俺は宏季さんに恩返しがしたいんです。人間に、あんな風に優しくしてもらえたの初めてなんです。本性を出してしまうと、尻尾を切られそうになったり、石を投げられました」

小さな家守の姿ならまだしも、あの大きな「トカゲ姿」では、さもありなん。

宏季はそう思ったが、守はトパーズ色の目に涙を浮かべて話を続ける。

「俺だってめったなことじゃ本性は現しません。でも人間が『山の主の皮は金になる』『黒焼きにすると万能薬になる』って言って、俺が隠れてた沢まで探しに来たんです。もちろん、そんなんで捕まるようなことはありませんでしたが、人間を守ってやってるのは俺なのに、どうして俺を捕まえて殺そうなんて思うんでしょうね」

ああそれはちょっと酷いな。

あんまりしょんぼりしているから、宏季は守の頭に手を伸ばしてヨシヨシと撫でた。

「でも、たまに……俺を見て『綺麗ね』と言ってくれる子供もいました。『ここに隠れてるの内緒にしてあげる』って。だから俺、雨風や火事から人間の家を守ってやってきたんです。でもね、俺を大事にしてくれる人間はどんどん少なくなって、なんか……寂しかった」

守は宏季に頭を撫でてもらい、気持ちよさそうに目を閉じて言葉を続ける。

「あのデブ猫は警戒してたんですよ、俺。勘が鋭いし、ハンターだし。でもあのとき宏季さんが助けてくれなかったら、俺はあのデブ猫に引っかかれて尻尾かじられて、里に帰れないまま死んでたかもしれない」

「人外なら、どうにかできたんじゃないのか？」

「家守ができるのは、人間の家を守ることなんです。今風に言えば、防御特化型？」

「自分を守れないのに防御特化とか言うな」

「そうでした。俺の親の代までは、もっといろんな力が使えたみたいですけど、俺はこんなです。それでも……俺は俺なりにあなたに恩返しがしたい。そして愛を育みたい。命を助けられるって、とんでもないことなんです。そして家守は情が深い」

頭を撫でられて気持ちよさそうにしている姿は、ハ虫類というよりも犬に近い。人なつこい笑顔も懐き方も犬っぽい。

「そういえば俺、犬が欲しかったんだよな」

「俺、家守ですけど」

「ハ虫類連れて猟には行けんだろ」

「人の姿なら役に立てます」

「ああ、そうだったな。今日は頑張ったな」

「褒められると嬉しい」

「そっか。そんじゃ明日も頑張れ。褒めてやる」

「はい！」

そこまではよかった。

信じられないことが山ほど起きたが、これでようやく眠れそうだとベッドに横たわったが、照明のリモコンを摑んだところで、守がいきなりベッドに這い上がってきた。

「おい」

「やっぱり、添い寝は恩返しの基本かと」

「お前！　人がせっかく優しくしてやりゃあつけあがりやがって！　綺麗な顔して図々しいんだよっ！」

「そんな！」

「上目遣いで見ても駄目！」

宏季は力任せに守をベッドから突き落とすと、「こっちに来たら、明日から無視する」と言い放って明かりを消した。

朝露に濡れた森と、清々しい土の香りで目を覚ますと、床に敷かれた布団はもぬけの殻《から》だった。

まさかベッドに上がり込んでないだろうなと体を起こしてみたが、誰もいない。

「あいつ……どこに行きやがった」

それとも昨日の出来事は夢か？

なんて思いながらベッドから這い出て、ぐっと背伸びをする。

枕元の目覚まし時計の針は、六時を指していた。宏季が起きるのはいつも六時十五分。目覚ましが鳴る前に起きてしまうと損した気分になる。

小さく舌打ちして、部屋から出ると、台所から楽しそうな声が聞こえてきた。

「ほほう、守君は筋がいいな。これならいずれ厨房を任せられそうだ。宏季はね、こういうのが壊滅的《かいめつてき》なんだよ。鉈《なた》は上手く扱うのに、包丁を握らせたら怪我しかしない」

祖父の声に「大きなお世話だ」と独り言を言って、洗面所のある脱衣所へ向かう。

顔を洗って歯を磨き、整えるほどでもない短い髪を手ぐしで梳《す》いていると、足元にキジ丸がやってきて体を擦りつけてくる。

「おはようキジ丸」

自分を見上げるデブ猫に朝の挨拶《あいさつ》をして、よっこらしょと抱き上げた。

そのまま台所に行くと、祖父と守が仲良く朝食を作っている光景に出くわす。

「……ホントに料理してる」

「おはようございます、宏季さん。俺、家守の他にもできることがありました！」

包丁を握り締めたまま、晴れやかな笑顔を見せて近づくな。なんか怖い。

宏季は一歩下がって守を見上げ、「よかったな」と言う。キジ丸は不機嫌そうに鳴いたが、もう守を襲うことはなかった。

「料理って楽しいですね、宏季さん！」

宏季は適当に頷き、キジ丸を床に下ろすとコーヒーメーカーに手を伸ばした。

「あ、俺が入れますから、宏季さんは向こうでのんびり新聞でも読んでいてください！」

「マグカップで。コーヒーは牛乳で半分割って、砂糖三杯のカフェオレに。ぬるいのは嫌だ」

「了解しました」

今まで祖父と二人で静かな朝を迎えていたのに、たった一人加わるだけでこんなにうるさくなるのか。

宏季は眉間にじわりと皺を寄せ、リビングのソファに横になる。活字を読む気にはなれなかったので、テレビをつけてチャンネルをニュースに変えた。

今日もいい天気で、天気予報士が「紅葉狩りの季節です」と声を弾ませている。

「そうですか。俺は今日はキノコ狩りです」

ぼんやりとテレビに話しかけていたら、目の前にぬっとマグカップを差し出された。

「お待たせしました」

守はそう言って、宏季の右隣に腰を下ろす。

「ありがとう」

どう見てもコーヒー牛乳にしか見えないコーヒーの入ったマグカップを受け取り、宏季は一口飲んだ。

頭と体に浸みる甘さと、仄《ほの》かなコーヒーの香りが心地いい。そして旨い。自分で作ったものより格段に旨かった。

「これ、ほんとにお前が入れたのか?」

「はい」

「旨い」

「ありがとうございます!」

まだ朝日は差してこないのに、守の笑顔がキラキラして眩《まぶ》しい。

宏季は眉間に皺を寄せて目を細めると、心の中で「明日も入れてもらおう」と決めた。

いつものようにキジ丸を外に出し、小屋の戸を開けて鶏と兎を庭に放つ。

畑を見てみると、残っていた野菜は動物たちの食事になったようだ。腐る前に抜き取って耕しておこう。

後ろをついてきてた守は、霜柱《しもばしら》を踏んで遊んでいる。シャキシャキとした霜柱を踏みたい気持ちは、宏季も理解できる。

長靴にツナギ姿の二人の男は、しばらく無言で霜柱を踏んで遊んだ。

……が、守の清々しい笑顔を見てハッと我に返った宏季は、照れ臭そうに耳を赤くして、ツナギの袖を捲り上げる。

「よし。小屋の掃除をしながら鶏の卵を取って、それが終わったら山だ」

「はい」

作業小屋から箒《ほうき》とちりとりを持ってきて鶏糞をまとめ、穴を掘って土に埋める。

ころころとした兎の糞は集めるのが少々面倒だが、慣れてしまえばたいしたことはない。

新しい藁《わら》を敷き詰めて寝床を作ってやれば、小屋の掃除は終わりになる。

守は最初こそは手間取っていたが、作業をしていくうちに慣れてきたようだ。気がつくと、手際よく藁を交換していた。

「器用なんだな」

「そうみたいですね。新たな自分を発見です。キノコ狩りでも役に立ちますよ」

「いや、厨房で祖父さんの手伝いをした方がいいんじゃないか？　祖父さんも喜んでたし」

祖父のあんな楽しそうな顔は、久しぶりに見た。

自分のレシピを受け継いでくれそうな男（それが人外であっても）が現れて、浮かれているのだ。

「俺は宏季さんと一緒にいたいです」

「ふうん」

「宏季さんの役に立たなかったら、恩返しとは言えませんから」

「お前、重いな」

「あなたより背が高いですから、それは仕方がないかと」

「違う！　ったくなんだよ八虫類め！　その身長は尻尾の分まで入ってんだろ？　尻尾切れ！」

「嫌です。そんなみっともない姿」

真顔で反論されて、宏季はつい噴き出した。

「笑わないでください」

「……祖父さんのとこじゃなく、俺と山に行きたいの？」

「当然です」

「そっか」

見てると眩《まぶ》しくなるような美形にここまで言われると、嫌な気はしない。得体の知れない優越感が湧き上がって、宏季はニヤニヤ笑いながら守の頭を撫で回す。

「俺、寒いのは本当に苦手なんで、そうやって撫でてくれると宏季さんのぬくもりが伝わってきて嬉しいです」

「そうだった。ハ虫類は寒さに弱い」

「はい。だから、体が温まることは大好きです。抱き締めていいですか？」

「お前、図々しい」

頭を撫でていた手でペチンと叩くと、守は大げさに「痛いです」と言って唇を尖《とが》らせる。

あざとい。図体がでかいのに、なんてあざといんだこいつ。ハ虫類のくせに！

思わず「可愛い」と思ってしまった宏季は、そっぽを向いてため息をついた。


「おはでーす！　……って、うはあ！　なんですか、このキノコの山は！　美味しそうなキノコの山は！」

今日も元気よく愛車で通ってきた真姫は、新聞紙を敷いたテーブルの上を見て大声を上げる。

「今日は早いんだな、真姫。裏山で取ってきた。こいつ、トリュフ犬より役に立った」

宏季は、布でキノコの汚れや泥を払っている守を指さして、真姫に説明した。

「へーえ。もうキノコ取りつくしたかと思ってたけど……まだまだあったんですね」

真姫は「着替えたら私も手伝います！」と言い、二階に続く階段を駆け上がる。

「今日のランチにキノコのパイ包みを入れよう。先着になってしまうけど、これは仕方がないな」

祖父は鼻歌交じりで、黒板にメニューを書いていく。

「俺たちの分も、少し残して置いてくれると嬉しい」

宏季は、厨房のカウンター越しに、先に綺麗にしたキノコでパイ包みを作っている祖父に頼んだ。守もうんうんと何度も頷く。

「もちろん、まかない用に残しておく。俺も食べたいんだよ」

現金な祖父の言葉に、二人で顔を見合わせて笑う。

「着替えてきましたー……って、床の泥がかなりやばいんですけど。私、こっちの掃除をしちゃいますね！」

あと四十分でランチが始まる。真姫は急いで、箒とちりとりを取りに二階へ駆け上がった。

昨日たった一日。いや、守の登場はディナー一回だけだったにもかかわらず、ランチの行列は妙齢の女性たちでいっぱいだった。

彼女たちのお目当ては、もちろん守だ。

真姫まで「女子怖い女子怖い」と小さな声で呟いている。

店が繁盛《はんじょう》するのは嬉しいが、守を見るためだけに来られるのは迷惑だ。

「どうすんだよ、あの女子の列」

レストランの窓から、やけに綺麗な格好をした女子の列を見下ろして、宏季が呟く。

「お客さんがいっぱいで素晴らしいじゃないですか」

「違うだろ。みんなお前を見に来てるんだ」

「綺麗ですみません」

宏季は言葉を返す代わりに、守の肩を力任せに叩く。

「痛いです」

「昨日以上に頑張れ」

「そしたらまた、俺を褒めてくれますか？」

守は宏季の顔を覗き込み、期待に満ち溢《あふ》れた瞳を見せた。トパーズ色の瞳は影に入ると、薄口醤油色になる。宏季は「みたらし団子みたいだな」と思いながら、「当然だ」と言った。

「やった！　俺、宏季さんのために一生懸命頑張りますね。だから今夜は、寝るとき抱き締めてください」

背後でいきなり「うひゃー」という声が聞こえた。

慌てて振り返ると、真姫が顔を真っ赤に染めてこっちを見上げていた。

「恋人同士の濃厚な会話、いただきました！」

「違う！」

「そんな、今更ですよ、宏季さん。長距離恋愛だった恋人同士なんだから、ね？　今まで離れていた分、頑張ってくださいね？」

「だから違うと言ってるだろうが！」

馬鹿馬鹿しい勘違いでも、「頑張れ」なんて言われると顔が赤くなる。必死で否定しているのに、真姫は「照れない照れない」と笑い、守は「真姫ちゃんもああ言ってくれてますから」と、真顔で迫ってきた。

「だから守！　お前は図々しいんだよ！」

宏季の大声に、祖父がカウンターから顔を出して「痴話《ちわ》げんかか？」と尋ねてくる。

「違うって言ってんだろ！　なんなんだよ！」

地団駄《じたんだ》を踏む勢いで怒鳴る宏季を見て、祖父が懐かしそうに「まるで子供の頃に戻ったみたいだな、お前」と言った。

野菜とチキンを一口大に切った「コロコロ丼」と、キノコのパイ包みの二種類が、今日のランチメニュー。

キノコのパイ包みは訪れた常連客によって早々に売り切れとなった。

「丼《どんぶり》の大きさはどうしましょうか？」

「どうしよっかなー。守さんは、どうしたらいいと思う？」

「俺は、いっぱい食べる女の子が好きです」

「じゃあ、大きい方にする」

「残さず食べてくださいね」

「絶対に残さないから！」

さっきから何度、客と守の同じような会話を聞いただろう。だんだんイライラしてきた。

そのイライラは真姫も同じだった上に、オーダーを受けに行ったら「守さんに代わってください」と言われて、笑顔で怒りを溜めていた。

「確かに、丼大の方が二百円高いです。店への貢献にもなる。でも、あの、私が席に向かった途端の、あからさまな残念顔は何？　腹立つわー」

ランチが終わって一息つき、テーブルに腰を下ろしての「反省会」。

「俺なんか、丼を下げようとしたときに、『守君に、残さす食べて偉いですねって言われたいから、持っていかないで』と言われたんだぞ。あと、怖いって言われた」

「怖いは……まあ……仕方ないとしてー」

「仕方なくないだろ」

「だって宏季さんは無愛想だから」

「手伝いでフロアに入って、そんなことを言われる筋合いはない」

「……はー。これ、ディナーでもこうだったらどうしよう。いっそ、守さんのお面でも作って、それ被って仕事しようかな私」

「それは怖いからやめろ。絶対にやめろ」

真姫と宏季は、麦茶の入ったグラスを片手に、揃って眉間に皺を寄せて鬱憤《うっぷん》を晴らす。

守は、神妙な表情でそれを聞いていた。

「なんか俺、あんまり役に立てなかったみたいで……すみません」

「いや、俺が言いたいのはチャラチャラした客への文句であって、お前にじゃない」

「でも俺の顔のせいなら、やっぱり俺が悪いんです。紙袋でも被って仕事をしましょうか」

「それは絶対にやめろ。客が逃げる」

守は大きな背中を丸め、しょんぼりとテーブルに頭を載せてため息をついた。

「……でも、まあ、イライラする客の何割かは、料理の旨さに気づいてリピーターになるんじゃないかと思ってる。実際、大きな丼を頼んだ女性客は、みんなデザートまで残さずに食べた」

宏季はガシガシと守の頭を撫でながら、真姫に言った。

「それは……認めます。要は慣れですよね？　甘ったるいこと言ってる女性客に慣れればいいんですよね？」

「話はまとまったようだな。じゃあ昼飯にしよう」

祖父が、隣のテーブルに用意したキノコのパイ包みと卵チャーハンを指さしてニッコリ笑う。

不思議な組み合わせだが、旨いことには変わりない。

「ほら、飯食うぞ守」

頭を撫でてもらって元気になった守は、照れ臭そうに顔を上げ「俺、お茶を入れますね！」と言って勢いよく立ち上がった。

予想通り、その日のディナーも女性客が大半を占めていた。

休憩中に「日下部山荘」でツイッターやSNSを検索した結果、食メイン以外のSNSで守のことが書かれていた。「とんでもない美形がいる。胃袋と目に、最高に美味しい」との感想を読んだ宏季は、「まあそうだよな」とつい頷いた。

「俺……接客しない方がいいですか?」

「馬鹿。お前が出なかったら暴動が起きる。昼と同じように、普通にしてればいい。連絡先を訊かれても、にっこり笑って内緒ですと言っておけ。お前ならそれが許される」

「宏季さんがそう言ってくれるなら、俺、頑張ります!」

七百年も生きてきた人外なのに、笑顔がこんな無邪気で可愛くていいのか?

頬を染めて人なつこい笑みを浮かべる守を見て、宏季はなんだか複雑な気持ちになった。

日下部山荘のディナーが始まり、真姫が金魚のように軽やかにテーブルを回り、守は蝶のように華やかな笑みを浮かべて、女性客をメインにテーブルを回る。

そして宏季は、厨房で皿を洗っていた。

ああこれだ。これが俺の求めていた静かな仕事。目の前にある皿を丁寧に洗い、食器乾燥機に突っ込んでいく。ワイングラスは曇りが出ないよう慎重に磨き、カトラリーは洗い忘れがないか細かく観察する。

「……守君、厨房に入ってくれないかな」

無我の境地で皿を洗っていた宏季の耳に、祖父の独り言が聞こえてきた。

「え?」

「ロティサリーチキンは、焼いてるだけで美味しくなってくれるからいいんだけどな、俺の作る料理を見て覚えてほしいんだ」

祖父のレシピには記録がない。全ては完璧に頭の中に入っている。宏季は、頭の中からレシピを引っ張り出す祖父に何度も驚いてきた。

「皿洗いが一段落したら、俺がフロアに出ようか?」

「んー……お客さん次第かな。守君、人気者だし」

「いや、祖父さんが呼んでるって言えば、あいつは厨房に戻る」

宏季は皿洗い用のエプロンを外し、フロア用の黒エプロンに着替えてスイングドアからフロアに出た。

「守」

テーブルの女性客に呼び止められていた守を手招きすると、それまで困った顔で笑っていた彼の表情が一変し、キラキラとした笑顔に変わった。

「なんですか? 宏季さん。俺に用? なんでもしますよ、俺」

「祖父さんが、料理をしてるところを見てろって」

守の顔が真顔になり、「そうですか」とワントーン声が落ちる。

「トレイを貸せ。俺が代わりにフロアに入る」

「俺、宏季さんと一緒に働きたいです」

「お前な」

眉間に皺を寄せると、守はまたしょぼくれた顔を見せた。

なんだ可愛いなちくしょう。俺より何百才も年上なんだから拗《す》ねんな。

「お前が祖父さんのところに行けば、お前が作った夜のまかないが食べられると思ったんだけどな。残念だな」

「今すぐ厨房へ行きます」

守は宏季にトレイを渡し、厨房に入った。

「……なんか、チョロイな。あいつ」

「イチャイチャしないで、お客さんの皿を下げてくださーい」

真姫が通りすがりに、ニヤニヤ笑いながら宏季を注意する。

「黙れ」

宏季は眉間に皺を寄せて真姫を静かに叱ると、皿の空いているテーブルに向かった。


日下部山荘は貸し切り以外の予約は取らない。駒方のような特別な常連であれば、当日に

「絶対七時までに行くから、席を空けておいて」と連絡を受ければ空ける。

だが場所が山ということもあり、どんな風に天気が変わるかわからないので、常連以外の予約は絶対に受けない。

ちなみに常連になるには、最低でも月に四回は日下部山荘を訪れることが条件だ。

今夜の客は「次の予約を入れたい」と言ってくる人々ばかりで、宏季は「うちは歯医者か」と心の中で何度も突っ込むこととなった。

「何を言われても、うちは貸し切り以外は予約は取らないよ。そのスタンスで頼む」

守の作ったまかない飯を食べながら、祖父は背筋を伸ばしてそう言った。

「わかった」

「お前が愛想のない顔で『予約取りません』と言えば、食い下がってくる人はいないだろうしな」

「私もそう思います」

真姫が祖父の言葉に乗っかる。

「……仕方ない」

宏季はため息をついて、豚肉のピカタにかぶりつく。柔らかくて旨い。

「美味しいですか？」

今まで黙っていた守が、宏季の目をじっと見つめて尋ねた。

「おう、旨い。これもお前が作ったの？」

「このテーブルにある料理は、俺が作りました。余り野菜のフリッター、鶏肉と春雨の中華サラダ、豚肉のピカタです。スープはお祖父さんですが」

褒めてと言わんばかりに頭を寄せてくる守に、宏季は笑いながら「凄い凄い」と頭を撫でてやる。

「最高です。俺、これからも頑張って恩返ししますからね？　そして宏季さんを幸せにしたいです。だから今夜は俺を抱き締めて、温めてください」

最後の台詞が余計だ。

祖父と真姫が「ふう、暑い暑い」と言いながら手で顔を扇ぐ前で、宏季は守の頭をガッと力を込めて摑んだ。

「痛い、痛いです宏季さん」

「てめえこの野郎。食卓で言っていいことと悪いことの区別もつかないのか？　なんなんだ？　ふざけたこと言ってんじゃねえ」

地を這うような低い声で威嚇すると、守はしょんぼり顔で「ごめんなさい」と言う。

「年下の彼氏のちょっとした悪戯《いたずら》なんだから、ここは年上の包容力を見せてあげないと！　宏季さん」

「は？」

「だって守さんが、お客さんに年を聞かれて、『二十三です』って答えてたもん。四才も年上なんだから、もっと可愛がってあげないと駄目ですよ」

何それ、死にたい。

真姫の言葉に宏季は愕然として、守の頭を摑んでいた手を離した。

外見を見ればそうかもしれないが、こいつは七百才の人外だ！

宏季はそう怒鳴りたいのを必死で堪《こら》え、無言で食事を再開する。

「助かりました真姫ちゃん」

「うん。私は綺麗な人の味方。それに守さん、綺麗なのに可愛くて優しいから大好き」

ニコニコと微笑む真姫と守。

宏季は一人で暗黒を背負ってまかない飯を食べ続けた。


二十三だと？　なんだそれ。せめて俺と同い年とか、若く見えますが三十ですとか言うべきだろ！　人外のくせに口が達者なんだから！

宏季は守の布団をボフボフと殴りながら、「ふざけんなっ！」と悪態をつく。

ストレスが溜まるから怒りたくないのに、今日は怒ってばかりだ。

「ああもう、あのトカゲ野郎！」

可愛いだけなら許してやるが、あの図々しい言葉の数々を見逃すことはできない。

恩返しなんて本当なのか？　人間をからかって遊びたいだけじゃないのか？　なんなんだよお前、愛を育まれてたまるか！　腹立つ……っ！

そのまま守の布団に倒れ込む。

布団の主は今、風呂に入っている。ハ虫類だから少しでも長く入って体を温めたいのか、三十分経つがまだ部屋に戻ってこない。

「これが、あと何日続くんだ……？」

そもそも、恩返しに期限があるのか？　宏季が「十分だ」と言っても、守が「まだまだです」と言ったら終わらない。おそらく、守が宏季に幻滅するまで続くだろう。だからといって、わざと意地の悪いことをするのは自分の性格に合わない。

「参った」

枕に顔を押しつけて呟いてから、「あれ？」と目を見開く。

この匂い。

朝露に濡れた森と、清々しい土の匂いがした。気持ちがいい。

守に抱きつかれたときも、今朝も同じ匂いを嗅いだ。ということは、これは守の体臭なのだろうか。元が家守だから、家守としての匂いなのか。だったらずっと嗅いでいたい……なんて思っていたところに。

「宏季さん、どうしたんですか？」

ほっこほこに温まった守が戻ってきた。

宏季は恥ずかしくて動けない。まさか「お前の匂いを嗅いでいた」なんて、そんな変態のような事実を告げることはできなかった。

「布団で寝たいんですか？」

鈍感でよかった！

宏季は顔を枕に押しつけたまま、コクコクと頷く。

「そうですか。じゃあ、一緒に寝ましょうね。俺、今は温かいですけど、時間が経つと冷えていくんで、宏季さんに抱き締めて温めてもらいたいです」

なんだこいつ、下手《したて》に出つつ図々しいってなんだもうお前馬鹿！

心の中で散々守を罵倒《ばとう》して、宏季はゆっくりと顔を上げる。

「俺は人間に興味はなかったし、あなたたちの名前や仕事は知っていたけど、ただ知ってるだけだった。家守としてたいして役に立ってなかったと思うんです。だから、その謝罪も込めて、宏季さんに恩返しがしたいんです」

「お？　おう」

守は布団の横に腰を下ろし、宏季にずいと顔を近づけた。

「幸せにしてあげたいと、そう思ってるんです。だって宏季さんはカッコイイし、裏方の仕事もきっちりこなせるし、何より……ツナギ姿がめちゃエロい」

真面目に聞いて損した。

宏季は眉間に皺を寄せて、守の胴に蹴りを入れる。

「痛いです」

「うるさい。……なんで俺には男しか寄ってこないんだ」

「宏季さん、カッコイイし男前だし、やっぱり……『この人の傍《そば》にいたい』って気にさせるというか。俺は恩返し愛ですかね！」

「意味が、わかんねえ」

「情が深いと、そう言ったでしょう？ 恋に落ちた俺はあなたと愛を育みたいんです」

じっと見つめられると無性に気まずい。

宏季は視線を逸らし、「もう寝る」と言った。

「はい。一緒に寝ましょう」

自分のベッドに行こうとしたのに、肩を摑まれて布団に押さえつけられる。

「お前、何してんだ」

「もう一歩、踏み込んでもいいですか？」

踏み込むって、何を？

見当もつかない。

「イライラするのはスッキリしてないからです。だから俺が、奉仕してあげますね」

見当がついた。奉仕だと？　おいこらこのトカゲ！

宏季は、子供が見たら即座に泣き出すほど恐ろしい表情で守を睨みつけた。

「そんな顔しないでください」

「お前の方こそ、そんな可哀相な顔したって、ほだされたりしねえ」

「だんだん口が悪くなってきましたね、宏季さん」

「うるせえ！　さっさとどけ！　重い！」

本当は、かなり口が悪い。両親は「私たちが構ってあげなかったから」と言っていたが、当時は大人しげな口調に反発を覚えていたので自然とこうなった。祖父があんまり心配したから、高校に上がる頃には直した。そうだとも。必死で直したはずなのに、このトカゲのせいで台無しだ！

起き上がろうとしてもびくともしないのは、相手が人外だからか。

宏季は「クソ野郎」と悪態をつく。

「最初に触ってきたのは宏季さんですよ？　何度も何度も触ってくれましたよね？　数百年ぶりの、人間の体温でした。嬉しかった。とても気持ちよかった」

守の綺麗な顔がどんどん近づいてくる。

「だから、俺も宏季さんに触りたい。触って、気持ちよくしてあげたい」

耳元で囁かれた途端、体がびくんと反応した。

ああちくしょう。そういや、ここのところ抜いてなかった。

宏季は唇を噛んで低く呻《うめ》く。

「駄目ですか？　痛いことは何もしませんよ？」

少し困ったような、それでいてねだっているような声が耳をくすぐった。多分、守の顔を見たら、「ったく。仕方ない。一度試すだけだぞ」と言ってしまうだろう。美形の「上目遣いおねだり」ほどたちの悪いものはない。

ここは一つ、キッパリと断らなければと、そう思った矢先、守がゆっくりと顔を上げて宏季を見つめた。

眉を下げたしょんぼり顔に、唇を尖らせている。

大きなトパーズ色の瞳が少し潤んでいて、可愛いけどあざとい。

「お前、自分の顔の威力をわかってて、それやってるだろ？」

「恩返しの一環ですから、使えるものはなんでも使っていこうかなと」

「……その前に、俺が男とできるかって訊くのが筋だろうが、馬鹿」

「俺、人外ですから」

「こら待て。人外だろうがなんだろうが、性別は大事だろうが」

低い声で叱ると、守はまた、しょんぼり顔で「駄目ですか?」と訊いてくる。

そんなの駄目に決まってんだろうが! なんで俺が、わざわざ男とアレコレしなくちゃなんねえんだよ! そんな顔してお願いしても駄目だっての! 泣きそうな顔はそりゃ可愛いと思うけど、お前七百才だろうが! 可愛い七百才なんてあるか馬鹿!

いきなり泣かれたら困るので、取りあえず心の中でありったけ罵倒する。

それから、宏季はようやく口を開いた。

「男に迫られても……」

「俺のこと、嫌いですか? 宏季さん」

守は、声を震わせて伏し目で囁く。

あ、この野郎。自分が綺麗だってのわかっててその顔するのかよ! この卑怯者!

宏季は舌打ちして、それから深いため息を一つついた。

「泣くほど俺としたいのか?」

「当たり前じゃないですか!」

「即答しやがった」

「当然です」

「恋愛感情なしでやれるほど、俺は器用にできてない」

「愛してます。命を助けられた相手を好きになっちゃいけないんですか? 助けてもらったからと言って、義務で恩を返すなんて……俺にはできない。そこに愛がなければ、完璧な恩返しにはなりません」

聞けば聞くほど頭が痛くなる。話が通じているようで通じてない、そんな感覚に宏季は眉間に皺を寄せた。

「……面倒臭いな、お前」

「人間よりは単純な生き物だと思いますが」

「おい」

守は、期待と不安でいっぱいの表情で自分を見下ろしている。

「はい！」

「俺とやるなら、それなりの覚悟はあるんだろうな」

すると守は花も恥じらう微笑を浮かべ、「あなたに命を救われたときから、覚悟はできてるんですよ」と言った。

キザだ。そして笑顔が反則。やっぱりあざとい。腹が立つ。

それでも。

「お前は森の匂いがするから……それに免じて、一度だけ許してやる」

「一度だけ？　え？」

不満の声を上げる守に、宏季は「それが嫌なら、さっさとどけ」と言い放った。

「……わかりました。俺は宏季さんに『一生恩返しして』と言わせればいいわけですね」

「随分と簡単に言うじゃねえか」

「はい、すみません」

守はニッコリと微笑み、への字になっている宏季の唇に触れるだけのキスをした。

「いきなりすんなよ！　びっくりしたじゃないか！」

「すみません。これから触ります」

かといって、宣言されるのは恥ずかしい。宏季は目尻を赤く染めて、そっぽを向いた。

「進めていきますよ？」

「この格好でいいのか？　こういうのは初めてなんだが、いきなり騎乗位とかできるのか？」

「はい？」

守が困った顔で首を傾げる。ちょっと可愛い。

「男の抱き方なんて知らねえし」

「逆を考えたことはないんですか？　なんか俺、びっくりしました」

「びっくりしたのはこっちだ。なんで俺が抱かれるんだ？　あり得ねえだろ、外見からして！　綺麗で可愛いお前が俺に抱かれるもんだろ。世の中は大体そういうもんだ」

今の今まで、自分が抱かれて喘ぐ立場になるとはこれっぽっちも思っていなかった宏季は、守の呆れ声に腹を立てる。

目つきが悪いから、第一印象は大体「怖い」。慣れてくると「男らしい」とか「格好いい」とか言われる。男らしい男が、男に抱かれるなんて信じられない。というか、想像しただけで気持ちが悪い。自分のことだが正直、気持ちが悪い。

「俺に任せてくれれば問題ありません。宏季さんも一度『やる』と言った以上、撤回はしないでくださいね」

守は「男に二言はない、というヤツです」と、天使の笑顔を見せた。

ああはい、そうですねー……。

騙《だま》された感でいっぱいの宏季は、唇を噛んでぎこちなく頷くしかなかった。

唇を合わせても肌に触れられても気色悪さを感じないのは、守が森の匂いをさせているからだろう。ぴたりと体を合わせると、動揺するどころか逆に落ち着く。

パジャマの上着をはだけられ、少し温くなった指先に胸を撫でられると、気持ちよくて唇から低い声が漏れた。

「気持ちよかったらもっと声を出してください」

「そんな、気持ちの悪いこと……できるかっ」

「俺は宏季さんの声が好きですから、気持ち悪いことなんかありません」

するすると動く指先に乳首をくすぐられて、思わず背中が跳ねた。唇を嚙んだので、辛うじて声は出ない。

「綺麗な桜色で可愛いです。ほら、俺が触ってあげると、乳首が勃ち上がってきた」

「実況、するな馬鹿……っ」

男のくせに乳首が感じるとかあり得ねえ！　気色悪い。なんなんだよ俺の体！

あまり口を開けていると、変な声が出そうだったので、宏季は慌てて口を噤《つぐ》む。その間も、守の指は両方の乳首をくにくにと弄《いじ》り回した。

乳首が硬くなるにつれ、指で摘《つま》んで扱《しご》くように弄られる。そのたびに下肢に熱が集まって、宏季は落ち着かない。

「あんまり、そこ……弄るなっ」

「こんなに可愛いのに？　駄目ですよ。宏季さん感じているじゃないですか。もっと可愛がって、気持ちよくしてあげますね」

トパーズ色の瞳を嬉しそうに細め、守は宏季の表情を観察している。

こんな情けない顔を見られるなんてまっぴらだったが、どかそうにも体に力が入らない。

「両方とも、ふっくらと膨らんでぷにぷにです。可愛いから、食べちゃいましょうね」

何をするんだと体を強ばらせる間もなく、守が乳首を口に含んだ。

「んぅ……っ、は、ぁ」

強く吸われながら甘噛みされると、体が勝手に震えて唇から掠れた声が漏れる。

「ちくしょ……っ」

わざと音を立てて吸われると、恥ずかしくて目尻に涙が浮かんだ。いつも「なんで必要なんだ?」と思っていた男の乳首なのに、舌先でゆるゆると舐められるだけで腰が浮くほど感じるなんて信じられない。

宏季は我慢できず、右手を下肢に持っていく。

「駄目です。もっとここで感じて。うんと気持ちよくしてあげますから」

守がしゃべるたびに、唇や歯が乳首に当たった。

「も、やめろ……っ」

「まさか」

また、歯が乳首に当たる。こうして乳首を苛《いじ》められながら陰茎を扱いたら、さぞかし気持ちがいいだろう。けれど宏季は守に言われた通り、股間に持っていこうとした右手で布団のシーツを摑んで耐える。

「ただなんとなく七百年も生きてきたわけじゃありませんから、安心してください」

「ん、ん……っ」

「宏季さんの乳首は敏感で可愛い。俺に舐められて、こりこりに硬くなってます。今夜はここをいっぱい弄って気持ちよくしてあげますね」

「お前……しつこい……っ」

「情が深いと、そう言ってください」

守の唇が乳首から離れ、宏季の上気した顔を見下ろす。

明るい場所では白っぽい金髪の髪は、薄暗がりだと金色が増す。虹彩は人とは違う縦長になってしっとりと潤んでいた。

「お前も、俺に触って感じてるのか？」

「当然です。こんなに興奮したのは、もしかしたら初めてかもしれない」

「だったら、お前も脱げよ。俺だけ脱がされるの、悔しい」

守は「寒いんです」と文句を言ったが、宏季は構わず彼のパジャマの上を脱がした。

色白だが、引き締まった立派な体躯《たいく》が露《あらわ》になる。

「これでいいですか？」

綺麗な顔に綺麗な体。宏季はそれを見上げて頷いた。

中断されていた胸への愛撫が再開され、宏季はすぐに目を固く閉じて唇を噛む。

「声、聞かせてください」

「ざけんな……っ」

自分の喘ぎ声なんて聞いたら一瞬で萎《な》える。宏季は首を左右に振って拒んだ。

「強情で可愛い」

「可愛くない……っ」

「可愛いですよ。乳首を弄られて一物《いちもつ》をぱんぱんに硬くさせてるのに、扱かないで我慢してるなんて」

このやろう。実況すんじゃねえ……！

宏季は目を開いて、自分の顔を見ている守を睨みつける。

「そんな、物欲しそうに見つめられると、俺も我慢できなくなっちゃいますよ。せっかく我慢してるのに」

太腿に熱い塊《かたまり》を押しつけられて、宏季の体が震えた。

「俺で……勃ってるのかよ」

「だって宏季さんが可愛すぎるから」

少し困ったような顔で微笑む守は、やっぱり可愛いくせに、唇と指がいやらしい。

「馬鹿」

「もっと可愛くなってください」

守が胸に顔を埋め、宏季の乳首を甘噛みした。

少し強めに噛まれると、痛みと快感が混ざり合って声が漏れる。体の芯が熱く疼き、「もっと」と言いそうになる。

陰茎が下着の中で、先走りでトロトロになっているのがわかった。少し動くだけで、ねっとりとした感触が伝わってくる。

「駄目……っ」

もう我慢できない。

宏季は守に乳首を弄られたまま、右手を下着の中に入れて扱き始めた。自慰を見せていると頭でわかっていても、体が快感を追いかける。

「あ、あ、あぁ……っ、くっ」

「そんなに気持ちいい？」

「んっ、いい……っ……」

「そう言ってもらえると、俺も嬉しいです」

いきなり優しく舌先で舐められると、物足りない。

宏季は息を荒くしながら、動物が水を飲むように舌を動かしている守に、不満を感じた。

「なんで」

「はい？」

ニッコリと天使の微笑み。わかっててやっているのが憎らしい。

「さっきの……少し、痛いヤツがいい」

でもこっちは切羽詰《せっぱつ》まってる。さっさとやれよ。宏季は守を見上げ、左手を彼の首に回して胸に押しつけた。

「えへへ」

「笑うな。さっきの、その……噛んだりするヤツ、早く」

守の耳元に囁いてから、左腕を離す。

すると、待っていた快感と痛みがやってきた。

ああこれ。待ってた。なんか、悔しいけど凄く気持ちいい。

乳首を苛められながら陰茎を扱くと、いつもの自慰とは比べものにならないくらい、いい。

腰まで勝手に揺れ始める。

「あ、も、出る……っ」

思わず声を漏らすと、守に乳首を強く噛まれた。

「────っ！」

口を開いて声にならない声を上げ、宏季は射精する。濃いめの精液が腹に滴《したた》っても、扱くことがやめられない。

「は……っ」

ようやく興奮が収まった頃には、守に全てを見られていた。

「凄く可愛くて、最高でした」

「……なんで、あんなだらしない声聞いても萎えてねえんだよ」

宏季の太腿には、守の硬くなった陰茎が押しつけられている。パジャマ越しでも熱が伝わってきた。

「なんで萎えるんですか？　俺があなたの声を聞いて萎えるはずないでしょ？」

守は長い前髪を右手で掻き上げながら、「ね？」と小首を傾げた。宏季は「くそ、可愛い」と独り言を言って眉間に皺を寄せる。

「それで、あの……俺も……気持ちよくなってもいいですか？　これもある意味奉仕になるので、宏季さんは辛くないと思うんですが」

「え？　俺のケツに突っ込むって？　痛いに決まってんだろが！」

「ええと、ですから……宏季さんに負担のかからない方法でしたいんですが」

「扱いてやればいいのか？」

もう恥なんてない。宏季は精液に濡れた右手を上下に動かして見せた。

「違います。その、太腿を借りたいなあって」

「それって、どう考えても恩返しとか奉仕とかじゃねえよな？　お前の性欲の問題だよな？」

守は頬を染め、「だって宏季さんの射精するところを見たんですよ！」と言い返す。

これはある意味逆ギレだ。宏季は何も悪くない。

「あー……」

「お願いします宏季さん。絶対に気持ちよくしてあげますから」

すりすりと肩に頬をすり寄せられると、なんともいえない愛しさがこみ上げてくる。ほんと、可愛くてあざとい。

こっちが歩み寄ってやると、途端に図々しくなる。綺麗な顔でニッコリ微笑めば、全てが解決すると思っているのか。

この野郎、今だけだぞ。

宏季はため息をついて、汚れた下着とパジャマのパンツを乱暴に脱いだ。

「尻に突っ込んだら、蹴り倒すからな」

「絶対絶対気持ちよくしてあげますね！」

守は力任せに宏季を抱き締める。

体がさっきより少し冷たくなっていたので、宏季は両手で彼の腕を擦った。

「そういう優しさが、俺の心を射貫くんです。また射貫かれました。大好き」

「はいはい」

「照れてくれてもいいと思うんですが」

「ほらまた、すぐ図々しくなる」

「ごめんなさい」

そう言って、ぎゅっとしがみついてくるのが自分よりガタイがよくて何世紀も年上の生き物とは信じられない。

「馬鹿。俺がやる気でいるうちにさっさと動け」

「はい。では失礼します」

は？

仰向けのまま腰を持ち上げられて、宏季は目を丸くした。

「おいこらてめえ」

「入れません、入れませんから！」

蹴ろうと思ったら、内股に何やら熱くて硬い物が差し込まれた。

「これなら、宏季さんもまた気持ちよくなれます」

素股かよ！

その単語を口にできなかったのは、目の前にいる美形人外が知っていなかった場合、説明したくなかったからだ。

まさか自分の太腿に他人の陰茎を挟むとは思っていなかった。でも、会陰《えいん》や陰嚢《いんのう》がゆるゆると擦られる感触は気持ちがいい。

「宏季さんの太腿、温かい」

「あのな」

「はい」

「太腿使っていいから、あんましゃべるな」

お前の台詞が気恥ずかしい。

ぷいとそっぽを向くと、守は小さく笑って「はい」と言った。


汗と精液で汚れた体を少し熱めのシャワーで洗う。

「あんなに気持ちよかったのは、俺、初めてかもしれません」

守はタイル地の床に体育座りをして、ぼんやりと呟く。

「それはよかった」

「宏季さんも気持ちよかったですよね？」

ここで頷くのは悔しい。悔しいが事実は事実なので、宏季は素早く頷いた。

「ほら、お前もちゃんと体洗え。だいぶ冷えてるぞ」

守の肩に触れると、初めて家守に触れたときのひんやりとした感触が蘇《よみがえ》る。

「ありがとうございます」

「だからって、抱きつけとは言ってない」

背中からそっと抱き締められて、宏季は眉間に皺を寄せる。こんなに皺を寄せていたら、縦皺が癖になって戻らなくなる。

「でも、宏季さんが温かいから気持ちいい」

「尻に当たってるぞ、おい」

「突っ込みませんから安心してください」

「当然だ。……ほら、手ぇ貸せ。ついでに洗ってやる」

伸ばされた両手を丁寧に洗ってやると、「くすぐったい」と笑い声が聞こえてくる。

「俺、恩返しをしにあなたのところに来たのに、これじゃ逆ですね」

こてんと、宏季の肩に守が顎を乗せた。

「お前、うちに来てまだ二日しか経ってないだろ」

出会って二日しか経ってないのに、こんなことをしてしまったのは如何《いかが》なものかと、宏季は心の中で舌打ちする。

確かに気持ちはよかったが、何かに負けたような気がしてならない。

「俺、これから頑張ります。頑張って、宏季さんをもっと気持ちよくさせてあげますね」

「だからそれ、恩返しとは違うって」

「愛です。愛の恩返し」

「そんな恩返しはいらねえ」

でかい図体の男が密着しながらシャワーを浴びていては宏季の台詞も白々しく感じた。


いつものようにキジ丸を外に出し、朝の日課を終わらせてランチの準備に入る。

守は祖父の横に立って、真剣に話を聞いていた。

「守さんが厨房に入ったら、今度はカウンター前の席が争奪戦になりそうですね」

真姫が真剣な表情で言う。

「そうだな」

「守さんがシェフになれば、宏季さんは料理を覚えなくて済むんですよね」

「おう」

「だったら、笑顔の練習しましょう。一緒にフロアに出るんだから」

いやそれはちょっと。俺に愛想笑いは無理。

宏季は首を左右に振って、「そういうのは真姫に任せる」と言った。

「私が結婚したらどうするんですか？　いつまでもここで働けないですよ？」

「え？　お前、結婚するのか？　それはめでたい」

「まだしませんけど！　いつかはそうなるでしょ？　開店時間なのでドアを開けますね！」

真姫はけらけらと笑って、並んで待っている客のために「いらっしゃいませ」と言いながら日下部山荘のドアを開けた。

「やあ、宏季君！　今日は俺が一番乗りだ。俺と一緒にランチを食べよう」

いつものように上等なスーツを着た駒方が、笑顔を浮かべて宏季に詰め寄る。

だが、すぐに話し始めずに、微妙な表情を浮かべて宏季をじろじろと見た。

「駒方さん？」

「ああそう、うん、だからねランチを一緒に」

「仕事中なのでそういうことは無理です」

「常連のお願いを聞いてもらえないのか？」

「お気に入りの席になら、案内できますが」

「お願いする。……じゃあ、今度一緒によその店のランチを食べに行かないか？　敵情視察というものだ」

駒方はいつもの席に案内され、腰を下ろしながら食い下がる。

「敵情視察？」

「先週、麓に新しいレストランが開店したんだ。そこの料理が結構旨い」

「だったら、祖父を誘います」

「俺は君と行きたいんだけど」

「だったら俺がついていきます！」

いつの間に厨房から出てきたのか、守が駒方と宏季の間に割って入り、キラキラとした笑顔で言った。

「いや、君を誘ったわけでは」

「こいつと一緒なら行ってもいいです。いろんな飯食わせたいし」

二人きりで出かけるのは嫌だが、守が一緒なら大丈夫だろう。宏季は駒方の出方を待つ。

背後では「守君こんにちはー」「今日も食べに来たよー」「オーダーお願い」などの声があちらこちらから聞こえてくる。

「うーん……俺は宏季君と一緒に行きたかったんだけど、まあいいか。君をここから連れ出すことには変わりないし」

駒方は「オマケには目を瞑ろう」と言って、本日のランチを注文した。

守は「よろしくお願いします」と微笑んで、フロアの仕事に戻る。

「お前、厨房に行かなくていいのか？」

「はい。あとは、ディナーまでの休憩時間に教えてもらいます」

なるほど。宏季は軽く頷き、厨房に戻った。

ランチ三時間みっちり働いたあと、守はエプロンのポケットからたくさんのメモ用紙を取り出してテーブルに広げた。

「今日も多いね、女子のアドレスメモ」

真姫の声に守は頷く。

「メモ用紙じゃなく千円札を入れてくれると凄く嬉しいんですけどね」

「それ違う店になっちゃうから駄目よ」

「はい？」

きょとんとした守に、真姫は「エロ系のダンスショーとか知らない？」と尋ねた。

「えっと……俺がいた街にはそういうのはなかったので、よくわからないです」

自分の設定を思い出したのか、守は「えへへ」と笑顔で答える。真姫も「そうなんだー」と流す。

「これ、アドレスがわからないように千切って捨てろよ？」

宏季はアドレスを渡した相手の心配もし、守に忠告した。

「はい！　あとでやります。それよりも今は、まかない飯を作らせてもらおう！」

守はエプロンのポケットにメモ用紙を詰め直して、スキップをする勢いで厨房に入る。

「……宏季さん」

「ん？」

「浮気しちゃ駄目ですよ」

「は？」

「駒方さんと一緒にご飯食べに行くでしょ？」

真姫が咎《とが》めるような視線で、じっと見上げてくる。

「守も一緒だ。それに、一度食事をすれば、次からはうるさく言ってこないだろう？　俺だって、毎回あの人に誘われるのは……もう、いい加減ウザイ」

「恋人がいるって言えばそれで済むことでしょ。守さん、可哀相」

真姫の視線が妙に痛い。宏季はムッとした表情を浮かべ「言えるか」と言い返す。

「そこは言わなくちゃ駄目です」

いやだって、恋人じゃないし。恩返しに来てるだけだし。人外だし。

言いたくても言えない言葉が、喉の奥からせり上がってくる。

「言わなくても、あの人なら察するだろ？」

「言わないのをいいことに、ずるずると関係を迫られたらどうするんです」

「お前、週刊誌か何かの読みすぎだ」

「宏季さんって……意外と優柔不断」

それは聞き捨てならない。

自分ではサッパリした性格だと思っていた宏季は、心の中で衝撃を受けた。

「私は守さんの味方なので、宏季さんの尻をひっぱたくんです。恋人は大事にしてください。あとここ、キスマークついてます。普通にしてると見えませんが、屈《かが》んだり首をひねると見えるから」

真姫はワイシャツの襟元を指さして「昨夜はお楽しみでしたね」と真顔で言った。怖い。

「そ、そうか……ああ、だから駒方さんが俺を見て変な顔をしたのか」

宏季はワイシャツのボタンをしっかりと一番上まで留めてから、駒方の挙動不審を思い出した。

このキスマークがいつついたのかあとで守を問い詰めるとして、駒方も見たなら、宏季に迫る理由はもうないだろう。

内心安堵していた宏季は真姫の鋭い視線に痛みを覚えた。

「それを見ても宏季さんを誘ってくるということは、奪う気満々ってことです。気をつけてくださいよ？　外に出るときは、守さんと一緒に行動してください」

「お、おう……」

素直に頷くと、ようやく真姫の表情が和《やわ》らいだ。

駒方には「次の定休日は来週の月曜日か。だったらそのときにしよう。連絡するよ」と勝手に決められた。

彼は守が一緒にいても迫ってくるのだろうか。いやその前に、宏季は未だ自分が男にモテる事実と向き合えていない。

男心に男が惚れる……というならわからなくもないが、そんな男気を発揮する場所はめったにない。だとしたら、自分でも知らないうちに同性に対してセックスアピールをしていることになる。なんて恐ろしい。

ああでも、大学生のときに、スキンシップが好きな友人が何人かいたが、アレはそっち系だったのだろうか。

第一、どこから見ても「男です」という男とセックスをしたいという気持ちがわからない。男の喘ぎ声なんて気持ち悪いし萎えるだろうし、挿入行為だって準備が大変だ。宏季は雑学として知っているだけだが、やはり面倒臭いと思う。

自分が関わらなければ性的指向は人それぞれでなんとも思わないが、関わってくると話は別。

「参った」

リビングのソファに寝転んだまま、目の前にある白っぽい金髪の頭に顔を埋める。

「はい？」

ラグの上に直に座り、ソファを背もたれにしていた守が、「どうかしましたか？」と声を掛けてきた。

彼の膝の上にはすっかり打ち解けたキジ丸が丸くなっている。

一日の仕事が終わって、風呂に入るまでののんびりとした時間に、テレビのニュースが響いていた。

「いろいろと面倒臭いと思っただけだ」

「……そう言えば、俺はあのお客さんが嫌いです」

「どの？」

「宏季さんを食事に誘った男です」

「お前も一緒に食事に行くじゃないか」

「強引に割って入ったんですよ？　俺」

守がしゃべるたびに、頭が少し動くので、柔らかな髪がふわふわと頬をかすめて気持ちいい。

「俺は家守として、いや、大切な宏季さんのために、あなたの貞操を必ず守りますから。これは恩返しではなく、あなたを愛する者として」

どの口がそれを言うか。人の恥ずかしいところを散々見ておいて、この野郎。

そう思ったが、口にすると面倒なのでやめた。

「風呂上がったぞ。順番に入りなさい」

ほこほこの湯気を立てて、祖父がリビングに顔を出す。

「俺はもう寝るから、戸締まりをよろしく」

「わかった。お休み」

宏季は祖父に返事をして、守の頭をグリグリと撫で回した。

「痛いですー」

「風呂入ってこい」

「一緒に入りたいです」

「そういやお前、一体いつ俺にキスマークなんてものをつけた？」

「乳首を吸ってるときについでに吸っただけです。強く吸ったら跡がついちゃって。でも宏季さんは気づかなかったから」

ニコニコと笑いながら言うことではない。

「今夜もいっぱい気持ちよくしてあげますね。乳首吸われるの好きでしょ？　宏季さん」

宏季は無言で守の首に両手を回した。

「明るい場所で何を言うか。それに俺は一回だけだと言ったはずだ」

「一回も百回も変わりありません。大事なのは、したという事実」

「本当にお前は……綺麗な顔して図々しいな」

呆れて手を離すと、今度は守が宏季の手を追いかけて、摑み、引き寄せ、手の甲にキスをする。

「俺はあなたが大事です。とても大事です」

「だから、文句言わずに恩返しさせてやってるじゃないか」

「昼間の仕事でなく……その……布団の中でも恩返しがしたいんです。愛を込めたいんです。毎日が駄目なら一日おきでも大丈夫」

人外は絶倫なのか。

一日おきでも、あれだけ搾《しぼ》り取られたらきつい。せめて一週間に一度か二度……と考えたところで首を左右に振る。

一度と決めたのなら一度だ。

「店で働いてくれれば、それが恩返しになる。俺はそれが一番嬉しい」

「宏季さーん」

守はしょんぼり顔で、宏季にしがみついて甘えてくる。

可愛いじゃないか。ほんとに可愛いよな。それだけは認めてやるよ。けどな！

宏季は心を鬼にして言った。

「俺の嫌なことはしないよな？　守」

時々恨めしそうな視線を向けてくるが、守は毎日健気《けなげ》に働いた。

日下部山荘を訪れる女性客は変わらず増えている。

寒さを感じたキジ丸は外を出歩くのを控えるようになり、麓から車でやってくる業者と宏季は猟の解禁で盛り上がった。

「……ランチに行くより猟に行きたい」

厳重に鍵の掛けられた猟銃ケースを前にして、宏季が呟いた。

守はブラシで髪を整えながら「俺は麓に行くの楽しみですよ」と、いつものキラキラが三割増し。

厚手のカットソーにジーンズというシンプルな格好でも、キラキラは変わらない。

宏季は薄手の長袖Tシャツの上にカーディガンを羽織り、下は守と同じジーンズを穿《は》いた。

「腕が鈍《なま》らないようにクレイでも行ってくるかな」

「あの。俺、猟は嫌いです。できればしてほしくありません」

いきなり言われて、宏季は目が丸くなった。

銃を持って山に入るからだろうか。だが宏季は野鳥も撃つ。

「日下部山荘のロティサリーチキン、最高じゃないですか」

「いやでも、野鳥や獣の肉もメニューにあってだな」

「そうですね。ここらへんは、人間とは相容《あいい》れないところですね」

キラキラした笑顔は、どこかいつもと違ってよそよそしく見えた。笑顔なのに、責められているような気になった。

「恩返しに来ました」と笑顔で尻尾を振っていたのに、いきなり掌《てのひら》を返された、そんな感じ。

「まあ、そういうことだな。さて、行くか」

ハッキリ言って不愉快だが、ここで言い返すのは大人げない……って、守なんか七百才じゃないか。俺よりどんだけ年上なんだよ、馬鹿やろう。

上着を持って部屋を出る。守も後ろに続いた。

「祖父さん、ちょっと麓まで出かけてくる。夕方までには帰ってくるけど、何か欲しいものあるか？」

リビングでキジ丸にブラシをかけていた祖父は、「別に何もないぞ。気をつけて」と手を振る。

「俺も一緒に出かけてきます！」

「えー、守君を連れてっちゃうのか？　宏季。一緒に菓子を作ろうと思ってたのに」

「二人して呼ばれてんだよ」

不満を言っていた祖父は「それじゃ仕方ない」と肩を竦《すく》め、再びキジ丸にブラシをかけた。


「宏季さんとは初めて乗りますね」

宏季は軽く頷き、助手席に腰を下ろした守にシートベルトをつけてやった。

「このベルトは、降りるまで外すな」

「はい」

「あと、気分が悪くなったらすぐ言え。吐かれたら困る」

「はい」

「それと……駒方さんに笑顔でけんかを売るな」

エンジンをかけるついでのように言った宏季に、守は「さあどうでしょう」と笑みを浮かべる。

思わず指で辿りたくなる綺麗な横顔のラインを一瞥し、宏季は眉間に皺を作った。

駒方さんとけんかにはならないだろうけど……こいつ興奮して本性を現したらどうしよう。

それだけは避けないと駄目だ。こいつのためでもあるし、日下部山荘のためでもある。

ああでも、もし本性がばれたら、恩返しはなくなるんだよな。「里」とやらに帰るんだろう。そしたらまた、祖父さんとキジ丸の二人と一匹の生活が始まるんだ。

それは少し寂しいかもなと、しんと静まり返ったリビングを想像しながら宏季は思った。

「おー……だんだん家が増えてきましたね。俺が守っていた家の子孫も、麓に移ったんですかね？　こっちの方が便利なら……きっとそうだな」

「おい守。お前、もっと大勢の家の家守になりたいのか？」

「いいえ。少し、昔を懐かしんだだけです。俺は宏季さんにまだまだたくさん恩返しがしたいですから！」

今度は、「いつもの守」だ。

宏季は「むぅ」と唇を尖らせて唸った。

「人間に追われて隠れてた頃を思い出すから、嫌なんです。凄く怖かった。俺のようにたいした力もない人外は、簡単に死んでしまいますから。……だから、その、すみません」

さっきの猟の話か。

七百年も生きてきた家守なのに、しょんぼり顔は本当に可愛いと思う。

宏季は安全運転を心がけながらも、チラチラと助手席を見てしまう。

「別に謝る必要はないだろ。……あと、そんなに嫌なら、なるべく行かないようにする」

「えっ？」

今度は守が、宏季に顔を向けた。

「だってついてこようとするじゃないか。お前」

「もちろんですよ！　宏季さんに何かあったら、俺は満足のいく恩返しができません。あなたは俺の大事な人です！」

「愛してるんだったな」

あははと笑ってハンドルを切ると、守は「当然です。愛してますよ？　俺。だから恋人のつもりです」と真顔で言う。

「何言ってんだよ」

「俺は宏季さんが大好きだし、一緒に気持ちのいいこともできたし、恩返しもまだまだ続けたい。ずっと一緒にいたいと思いました。だから……」

「そういう面倒臭いこと、俺は嫌い」

「童貞だからって、臆病にならなくとも」

何言ってやがるこいつ……っ！

キラキラとした笑顔で「童貞」と言われた宏季は、動揺と手汗でハンドルを握る手に力を込める。

「俺、すぐわかりましたよ」

「わかるなよ！　黙れ。童貞だからって、恋人がいなかったわけじゃない！　セックスする前に別れただけだ！」

あまり人工的な匂いのしない、素敵な女性だったと思う。でも都会の喧噪にいつまでも慣れない宏季はデートが苦手で、そのせいで別れることになった。

「俺が初めての相手なんですよね？　一生大事に奉仕します」

「それ以上何かしゃべったら、お前、問答無用で尻尾を切るぞ」

宏季の低く掠れた声を聞き、守は慌てて口を閉ざした。


都会とは違っても、麓はそれなりに人が多い。

最近改装された駅ビルには様々な店が出店し、賑《にぎ》わっている。

宏季は駅裏の立体駐車場に車を駐めて、守を伴って待ち合わせ場所に向かった。

さっきからじろじろと見られるのは、服装がおかしいのではなく、守のせいだ。

すれ違う人々が、足を止めて振り返る。女性は頬を染めながら携帯端末を取り出して写真を撮った。

ランチタイムが近いせいか、平日にもかかわらず人通りが多い。

そして女性は目ざとかった。

気持ちはわからないでもないけれど、あからさますぎるのは引く。

「家守さん、頼みますからその愛想笑いやめて」

「もとからこの顔です」

「サングラスでも買っておけばよかった」

「綺麗ですみません」

「ほんと、よく言う」

宏季は小さく笑い、守の腰を叩いた。

「あんまり痛くないですね」

「うるさい。……ええと、待ち合わせは、確かこのへんだったんだが」

人通りが多いのにイライラしてくる。大通りなんて車の往来が激しいところを通るのも嫌だ。

宏季の眉間に皺が寄る。

「あそこじゃないですか？　行列ができてます」

ふと、守が顔を寄せて話しかけてきたときに、朝露で湿った森と土の香りがした。

深呼吸して、そのいい香りを胸一杯に吸い込んでから、宏季は視線を斜め横に向ける。

確かに、手前の横道からずるずると長い列が大通りまで出ていた。

「あー……そうだな。っつか、この状態で今から並んで昼飯が食えるのか？」

しかも女子ばかり並んでいる。

「取りあえず、駒方さんに連絡をしてみたらどうですか？」

「そうだった」

宏季はジーンズから携帯端末を取り出して、駒方に連絡する。コール一回で繋がったのがなんか気持ち悪い。

『宏季君、中に入っておいで。席は取ってあるから』

「え？　じゃあ駒方さんはもう中に？」

『そう。ここ、俺の知り合いの店だから席を用意してくれたんだ』

「はあそうですか。では今から中に入ります」

そう言って通話を終了してから、宏季は守を見上げて「……だってさ」と言った。

「俺、日下部山荘以外で食事をするのは初めてなので、ドキドキします」

「そっか」

「でもお祖父さんの料理より美味しい料理はないと思ってます」

人なつこい笑顔で「えへへ」と笑う守が嬉しいやら可愛いやら、宏季は右手を伸ばして彼の頭を撫でくり回した。

「痛いです」と言いながら目を細めて笑う守の姿を、店に並んでいる女性たちが食い入るような視線で見つめている。

「何あれ綺麗」「可愛い」「背が高い」など、口々に呟きながら、とにかくじっと見つめ続けていた。

「守くーん！」

列の女性の一人が、守に手を振る。日下部山荘の常連の一人だ。彼女は宏季に会釈《えしやく》をすると、守を「ちょっとこっちにおいで」と手招きする。

一人で行けよと言うはずが、宏季は守に腕を掴まれて一緒に彼女のもとへ行く羽目になった。

「なんですか?」

「さっきチョコ買ったからお裾分けね。宏季さんと一緒に食べて」

可愛いバッグの中から、チョコの包みを取り出して守に手渡す。

「ありがとうございます」

守は笑顔で受け取り、「うちの店も忘れないでくださいね」とあざとい笑みを浮かべた。自分の顔を最大限利用した微笑みに、周りの女性たちから「ふぅ」とため息が漏れる。中には「どこの店で働いてるのかしら」と呟いている者もいた。

「あの、わざわざすみません」

女性の、ふわふわとした甘い香りは苦手だが、相手は常連であるし、第一頂き物をもらっては無視をするのは相手に失礼だ。

「そんなたいしたものじゃないの。私もおやつに食べるくらいだから」

恐縮する宏季に、彼女は小さく笑って「気にしないで」と言う。いい人だ。

すると守が「駒方さんが待ってますよ」と言って宏季の腕を掴んで引っ張る。宏季は「じゃあまた」と言って、守に引き摺られるようにして、店に入った。


乳白色の床に黒光りする丸テーブル。椅子の背もたれにも凝《こ》った彫りが施されている。ホールの中央には小さな噴水があり、その噴水を囲むようにテーブルが配置されている。天井はドーム状で、サンキャッチャーのように金属の星や月がぶら下がっていた。

「ようやく宏季君とプライベートで食事ができる。俺は凄く嬉しいよ」

席についた宏季と守に、駒方は上機嫌で話し始める。

「女性が好きそうな内装だろう？　ここのデザートは女性に人気があるんだ。もちろん料理も旨い」

駒方はそう言って手を上げて店員を呼び、「日替わりランチを三人前と、デザートと一緒にホットコーヒー」と勝手に注文した。

「ええと、その」

「ここね、昼はデザートとホットコーヒー付きの日替わりランチしかないんだ」

「そうですか。どれだけ強引なんだと思っていたら、そういうわけですか」

宏季は不機嫌な顔で小さく頷く。守は椅子に浅く腰かけ、長い足を放り出すように組んで、硝子《ガラス》越しに列を作っている女性客たちを見ている。

「守君、さ。宏季君の遠縁というけど、全然似てないな。髪の色も顔かたちも」

「はい。俺、母親の連れ子ですから。日下部家の遠縁の男性……これが今の父ですが、俺の母と結婚したんです。だから、縁続きになっても血は繋がってません」

設定がまた一つ増えたぞ、おい。

ニッコリ微笑む守に、宏季は心の中で突っ込みを入れた。

「ああ、だからその髪に違和感がないんだ。今度モデルでもやってみるかい？　その気があるなら紹介するよ」

「ありがとうございます。でも俺は宏季さんと一緒に日下部山荘で働くのが好きですから、他の仕事はしません」

「綺麗な顔だけの馬鹿かと思ったら、なかなか言うじゃないか」

「はい。綺麗ですみません」

「可愛くないガキだな」

「可愛いのは宏季さんだと思います」

「それには………まあ、同意するが」

お前らやめてください。聞いてるこっちの頭が痛い。

店員も、水の入った華奢なグラスをテーブルに置きながら微妙な表情を浮かべていた。

「ふふ。しかし、これを機会に、またこうして俺と食事をしてくれると嬉しいな、宏季君」

「客と仲良くなって外で飯食うとか、本当はそういうのないんで。今回だけです」

きっぱりザックリ断って、宏季はうんうんと軽く頷く。

守も黙って頷いている。

「君のその、無愛想でお世辞を言わないところが、俺は大好きだよ」

「ありがとうございます。俺も、常連の駒方さんが好きです。食事だけでなく高いワインも飲んでくれるので」

「下心は満載なんだがね」

「俺に裏表はありません」

隣で守が「ぷっ」と噴き出して肩を震わせている。そんな面白いことを言ったか？

「なんだろう。もう実力行使をするしかないんだろうか。俺はお互い合意の上でセックスしたいんだが」

「誰とですか？　俺に恋愛相談されても困ります」

「君のことに決まっている。私は君を、セックスしたいという想いも込めて、好きなんだ」

幸い、このテーブルは周りと離れているが、真っ昼間の、お洒落《しゃれ》な店で言うことだろうか。

宏季は眉間に皺を寄せ、駒方を見た。

「星空を見上げながら言いたい台詞ではあった。……私も少し焦っているんだな」

伏し目で微笑む駒方はセクシーだ。宏季も「ああ様になるな」と思う。だが、彼の表情で自分の心が動かされるかと言われれば、話は別だ。

「宏季さん、お腹空きましたね！」

守が人なつこく肩を寄せてきて、笑顔で言う。ああ可愛いなちくしょう。

宏季は守の頭をぐりぐりと撫でて「そうだな」と返す。

「どんな料理が出てくるか楽しみですね、宏季さん。……そうだ俺、明日から混んでない時間は厨房に入ることに決めました。恩返しに最適だし、もっと料理を覚えたくて」

「いい心がけじゃないか」

「はい。だからもっと撫でてください」

「うりゃ」

宏季は小さく笑い、守の白っぽい金髪がぐしゃぐしゃになるまで撫で回した。

「あの、さ」

駒方が渋い表情を浮かべて声を出すのと同時に、店員が「お待たせしました！」とランチを持ってきた。

よく煮込んだ牛肉は、フォークを置いただけで取り分けられる柔らかさだ。添えてある温野菜には大粒の天然塩が掛かっていて、野菜の甘味を引き出して旨い。パンはいろんな種類がおかわり自由。皿に残った濃厚なソースを千切ったパンで拭って口に運ぶと、「旨い」と笑顔が零れる。

守など笑顔を見せるどころか真剣な顔でソースを味わっていた。

そしてデザート。

コーヒーは万人に好まれるだろう癖のない味で感動はなかったが、デザートは違った。

「可愛い。これ、凄く可愛い……！」

守は頬を染めて、アワアワしながら宏季を見つめる。

「慌ててるお前も可愛いけどな」

そして、慌てている守の顔を、硝子越しに女性たちがカメラに収めている。

「これ、写真、写真撮ってください！　お祖父さんに見せてあげたい！」

「おう」

お前はどこの乙女だと思いつつも、宏季は携帯端末を取り出して何枚か写真を撮った。

一番上がリンゴのコンポート。その下にキャラメル味のムースとスポンジ生地。ちょこんと乗ったミントの葉と甘味を抑えた生クリームがこれまた可愛い。可愛いが大きさも可愛いので、男なら豪快に二口で終わるサイズだ。

「食べ切るのが……勿体ない」

真剣な顔で呟く守に、宏季が「半分食っていいぞ」と皿を差し出した。

「え？　駄目です。宏季さんの分を奪ったら、俺があなたの傍にいる存在意義がなくなってしまうんですよ？　気持ちはとっても嬉しいですが、あんまりそういうことしないでくださいね」

「お、おう」

そんなに真面目に考えなくていいのになと思いつつ、宏季は皿に残っていた分を一口で口に入れた。

「さっき聞きそびれたんだけど」

「はい？」

「君たちは付き合っているのか？」

固まる宏季の横で、守が晴れやかな笑顔を浮かべて何度も深く頷く。

「どっちが正解なんだ？」

「宏季さんは俺にとって大事な人です。愛してます」

「いきなりポッと現れてそんなことを言われてもな」

「長距離恋愛してましたから」

嘘も方便。守は真姫が言っていた設定を借りる。

守は、固まっている宏季の左手にそっと指を絡ませ、「恋人繋ぎ」を見せつけて微笑んだ。

「……まあ、どちらにせよ、俺は奪うのも得意だから問題ない」

「そうですか。俺は守るのが得意です。天職です」

実に家守らしいことを言って守が胸を張ったところで、ようやく宏季が再起動した。

「二人とも随分と面白いことを言ってるんだな」

ぺい、と守に繋がれた手を離す。

「駒方さんは、自分の言うことを聞かない俺が面白いだけだ。それと守はウザイ。しゃべるな」

「心外だな。俺はそんなことは少しも思ってないぞ?」

駒方はムッとした顔で言うと、手を上げて店員を呼び、コーヒーのおかわりを三人分頼む。

「俺のどこがいいのかさっぱりわかりませんが………もしかして体ですか？　確かに、山に入っても息切れしないように鍛えてますが。あと、切った丸太も運ぶしな」

「いい体してるのは嬉しいけど、大事なのはそこじゃない。接客にはまるで向いてない無愛想なのに、頑張って接客してるところとか、真姫ちゃんと話すときに少し背を丸めるところとか、たまーーに見せてくれる笑顔とかに、惚れたんだよ」

「正直頷きたくないんですが、そこには俺も激しく同意します。ただ、俺の前では宏季さん、結構笑ってくれます」

守は駒方の言葉に頷き、ついでに挑発した。

「好いてくれるのは嬉しいですが、俺にそういう気持ちはこれっぽっちもないです」

「守君がいるから？」

「こいつは関係ありません」

途端に、守が「なんで！」という顔で宏季の左腕を両手で摑んだ。仕草は可愛いが、図体は宏季よりデカいので、二度見されるほどのインパクトがある。

三人分のコーヒーのおかわりを持ってきた店員も、「え？」と二度見した。

「俺、諦めの悪い男だから」

「それは残念です」

「つまり、君をその気にさせればいいんだな」

俺の話を聞けよ。

宏季は守をへばりつかせたまま、「ないない」と首を左右に振る。

「その態度には腹が立つけど、落としたあとのことを考えたらプラマイゼロ。むしろプラスかな？　このヒヨコ頭の悔しがる顔も見られるだろうしね。では、俺はこれで」

駒方はおかわりのコーヒーを一口飲むと、伝票を取って席を立った。

「会計は個別で」

宏季の台詞に、駒方は投げキスで返した。

ダメージがデカい。しかも周りの女子が全員こっちに注目している。ワクワクした顔でこっちを見ている。

宏季はいたたまれなくなって、腕にしがみついている守を力任せに振り払った。


あの店は人気らしいから、日下部山荘の客とも被ってるはずだ。守と一緒だったのもよくない。俺の顔は覚えてなくても、守の顔は一度見たら忘れないだろう。日下部山荘に変な噂が立たなければいいんだが。いや、立ったときのことも考えておかないと。

宏季は小屋の外で、勢いよく鉈を振りながら、険しい顔で考える。

心を無にして店から出たあと、買い物も何もせずに車に乗り込み、即座に帰ってきた。

車を降りたら即座に守を叱ろうとしたのだが、待ち構えていた祖父に「よーし、これから菓子でも作ろう！」と厨房に連れて行かれた。

ストーブと窯用の薪は十分なのだが、行き場のないモヤモヤした感情を発散するには、薪割りしかない。

額から出る汗を長袖のTシャツで拭いながら、ようやく「ツナギを着てやればよかった」と考える余裕ができた。

「宏季さん、ちょっと遅いけどおやつ食べませんか？　フィナンシェというものを焼きました！」

トレイに菓子と紅茶セットを乗せた守が、笑顔で宏季のもとにやってくる。腕時計に視線を落とすと、針は四時を指していた。

「ああ、そっか」

そう言われると、なんとなく小腹が空いてきた。

守が、古ぼけたベンチにトレイを置く。

「旨いのかよ」

宏季は軽口を叩きながら守のもとに向かった。

「んー……多分旨いと思います。お祖父さんも褒めてくれたし」

トレイの横に腰を下ろしたところで、守が「はい、あーん」とフィナンシェを口元に持ってきたので、宏季は素直にかじりつく。

口に入れたらほろりと蕩けてなくなる。バターの風味もいい。そして旨い。

「へえ。旨いな」

「えへへ。はい紅茶。角砂糖を三つ入れました」

「サンキュ」

ここでようやく軍手を外し、ティースプーンで掻き混ぜて砂糖を溶かす。

一口飲んで胃を落ち着けてから、宏季は改めて守を見た。

「もう一つ食べます？」

にっこり微笑んで「はい、あーん」と言う守の頭をペチンと叩く。

「痛いです」

「家守なら家守らしく、店に変な噂が立ってもちゃんと守れよ？」

「はい？」

可愛く首を傾げる守の頭を今度はガッと摑んで揺さぶった。

「痛いです痛いです痛いです！」

「大勢人がいる前で、恋だの愛だの言った上に、しがみついてきたじゃないか。噂が立たない方がおかしい」

頭を摑んでいた指を乱暴に離し、残りの紅茶を一気に飲んでため息をつく。守はボサボサになった髪を手ぐしで整えながら「大丈夫です」と言った。

「どこが？　何が？」

「スキンシップ過剰なのは、外国帰りだからっていうことにしておけば問題ないでしょ？

テレビで見ました」

その設定をすっかり忘れてた！

宏季は「なるほど」と呟いて、守が差し出した二つ目のフィナンシェを口に入れる。

「顔だけの家守じゃなかったってことか」

「はい」

「…………よかった」

「だから、今夜も俺を抱き締めてくださいね。うんと気持ちよくしてあげます」

「ああいうことは一度だけだと言ったはずだ」

「それでは愛を育めません」

なんだ頑固な家守だな。約束したんだからそれ守れよ。

宏季は守を睨みつけるが、当の本人はどこ吹く風でフィナンシェをぱくついている。

「もう少し本気になって考えてください。あなたは俺を拒んでない。嫌だったら、俺の『夜の恩返し』を受け入れてくれるはずはないんです」

「おいやめろ、夜のなんとかってヤツ」

「今日だって、俺がランチについていかなかったら、駒方さんにいいようにされてましたよ、きっと」

守はベンチの上で器用に両膝を抱え、唇を尖らせて言う。

「そんなわけあるか」

「ほんと、真姫ちゃんがいてくれたから、今まで何もなかったんですよ。真姫ちゃんに大感謝です俺は」

確かに真姫は、宏季をガードしていたと言った。だが実際何をどうしていたのかわからないし、モーションを掛けてくるのは駒方だけだったから、気にもしていなかった。

それに、ちょっと変わった嗜好を持っている駒方は別として、図体がでかく怖い顔をした男をどうこうしようなんて輩《やから》がそうたくさん実在するとは思えない。

「宏季さんは可愛いんです。ギャップ萌えの塊なんです」

「ギャップ萌えなんてどこで覚えた、家守」

「真姫ちゃんがいろいろ教えてくれました。彼女からいろんなことを引き継いだんですよ、俺。俺の知らない宏季さんのことをいっぱい教えてもらいました」

いつの間にそんなに仲良くなったんだお前ら。

宏季は渋い表情を浮かべ、沈黙する。

「俺は家守だから宏季さんとは種族が違うけど、というか俺は人外なんで厳密に言うと単なるハ虫類じゃないんだけど……でも、あなたを大事に思う気持ちは人間と変わらないです」

「ほんと、お前……重い」

「情が深い生き物ですから」

「そっか」

「はい」

あれこれされて痛くはなかった。というか、あんな気持ちのいいことが世の中にあるとは思わなかった。守にはまったく言うつもりはない。下手をするとハマりそうだったので、一回だけと約束しておいて本当によかった。

そもそも宏季は、好みの女性のストライクゾーンが針の穴のように小さいだけで、ゲイというわけではないのだ。

「……まあ、なんだ。お前が祖父さんの料理を習うってのは、俺への恩返しになってる。俺は料理に関しては下手くそもいいところだから、感謝してる」

別に守を慰めるために言ったわけではない。これは事実だと心の中で呟いた宏季は、言い切った瞬間に、物凄い勢いで守に抱きつかれた。


腹いっぱいのキジ丸は、リビング奥に設置してある火の入っていない薪ストーブの前に陣取って腹を出して眠っている。

彼の無言の訴えだ。

「祖父さん、来週の休みに煙突のすす払いをしようか」

哀れなキジ丸のでっぷりとした腹を見ながら、ソファに座ってニュースを見ていた宏季は、キッチンでホットワインを作っている祖父に尋ねる。

「そうしよう。……キジ丸だけでなく、守君も動かなくなりそうだしな」

「はい。寒いのは嫌です」

守はブランケットにくるまり、なおかつ宏季の腕にしがみついていた。

朝晩の気温差が激しく鳴ると紅葉は見物だが冬の足音が聞こえてくる。そのせいで今夜も随分と寒い。

「ほら、体が温まるからこれを飲んだら寝なさい。キジ丸は俺のフトンに入れてやるからこっちにおいで」

祖父は耐熱グラスに入れたホットワインを孫たちに手渡すと、自分の部屋へ歩き出す。キジ丸が喉を鳴らしながら祖父についていった。

「旨くてあったかい」

「ああ」

「俺、寒くなったら役立たずです。すみません」

「いや、別にいいけど……今までどうしてたんだ?」

「動いてなかったです。母屋の屋根裏で、のんびり春を待ってました」

「なるほど」

宏季はグラスに息を吹きかけながら、ちびちびとホットワインを飲む。

「ずっと動いていれば、問題ないんですけどね。汗かくぐらいの運動とか」

「ふーん」

「そこは、少し頬を染めてほしいです」

「なんで」

「だって、宏季さんの体温かいし。温かくなることをすればホカホカになるし」

「こうやって、へばりつかせてやってるだけで幸せだと思え。図々しい」

守はホットワインを飲みながら「そんな～」と情けない声を出した。

テレビのニュースは、今はもう気象情報に入っている。明日も晴れるが、気温は低い。

「今日、飯を食いに出かけずに煙突のすす払いやっておけばよかった」

「俺はなかなか有意義でしたよ？　駒方さんの悔しがる顔も見られたし」

「あー……あの人な。なんであれで諦めないかな。面倒臭え」

自分なら、片思いしている相手の彼氏が守ほどのキラキラ美形だったら潔《いさぎよ》く引く。そして二人の幸せを願うだろう。多分。

「また何かに誘われたらどうするよ」

「そんなこと、二度とありません。俺が彼氏として断ります。人の恋路を邪魔するなと笑顔で伝えます」

そりゃ凶悪な笑顔だ。

きっと守の笑顔なら武器にもなる。宏季はそんなことを思って小さく笑った。

「ちゃんと断りますから、褒めてくださいね」

「そのときになったらな」

「俺、宏季さんに頭を撫でられるの好きです」

そういえば、最初に会ったときも、俺はお前の頭を撫でてやったな。トカゲ姿だったけど。

宏季は、自分の肩にこてんと頭を乗せている守の重さを感じながら思った。

ああ、いい匂いがする。

目を閉じると森の中にいるようで落ち着く。やはり自分に喧嘩は向かない。自然の匂いを嗅いで自然の音を聞くのがいい。

喧嘩も争い声も、もう何も聞きたくない。

「宏季さん。もう寝ましょうか？」

「そうだな」

部屋に入ってベッドに横になれば、守の匂いで森を感じられる。

「グラスを貸して。俺が置いてきます」

守はブランケットでモコモコになったまま立ち上がり、宏季の手から、あと少し中身が残っているグラスを受け取った。

幸いなことに、日下部山荘にゲイの従業員がいるという噂は流れなかった。いや、何か面白い噂は流れたようだったが、客足がにぶることはまったくなかった。

守はフロアでオーダーを取るよりも厨房で祖父から料理を習う方が多くなり、ランチの料理は任されるほどにまで成長した。

さすがにアラカルトはまだ少し難しいが、まかないで作る「あり合わせの創作料理」は宏季と真姫の二人が唸るほどうまくなった。常連に試食してもらったところ、「今度来たらこれが食べたい」とまで言われ、守は厨房からはしゃぎながら飛び出し、「俺が作ったんです！」と胸を張った。

守が「恩返し」としてやってきてから、三週間経っていた。

「でさ、今度の定休日に一緒にドライブに行かない？」

駒方は相変わらず、宏季を口説いている。

「車の匂い、あんまり好きじゃないんで無理です」

「え？　自分だって乗ってるだろ？」

「仕方なく」

「だったらそうだな……トレッキングは？」

「好きですが、多分、駒方さんは俺の足についてこられない。守ぐらいフットワークよくないと無理です」

昨日のランチ後に、「温かくなるから」と言って、隣山との境界線まで守を連れて歩いた。初めてだからどうなるかと思ったが、さすがは家守そして人外。宏季のペースに楽々とついてきた。

「んー…………じゃあ俺は、ここで君とおしゃべりすることを選ぶよ」

妥当な選択だな。仕事の邪魔にならないならいい。しかし、俺と何をしゃべるって言うんだ？　この人は。

宏季が首を傾げたところで、カウンターから「上がりました！」と守の元気のいい声が聞こえてきた。

客たちは「守君可愛い」「守君ステキ」「この席取れてよかったね」と、守が作業している姿が見える席で楽しそうだ。

「じゃあ俺はこれで。ごゆっくりどうぞ」

「もう戻っちゃうわけか」

当然だ。俺は仕事中なんだから。

宏季は各テーブルをチェックしながら空いた皿を下げ、スイングドアから厨房に入った。

「俺はもう、守君に店を任せてもいいかと思うんだが、宏季はどうだ？」

守の仕事ぶりを細かくチェックしながら、洗い場に皿を置く宏季に問いかける。

「いやいや、祖父さんは必要だろ。ロティサリーチキン用の漬けダレのこともあるし」

「それは教えていくよ。ただね、お前の父さんからイタリアに一ヶ月ほど来てくれないかと言われていてね」

なんだそりゃ。

宏季が思わず眉間に皺を寄せると、祖父は「あとで話そうか」と言って、守に「魚の鱗はちゃんと取って」と注意した。

両親が離婚してから、宏季は殆《ほとん》どどちらにも会っていない。祖父とこの家でのんびり暮らしてきた。

父さんとは、殆ど話なんてしなかったな。忙しいシェフだったし、俺も別に話す用なんてなかったし。

それに、三店舗ある父の店は、どれも喧噪と人工的な香りのする都会の中心にあった。食事をしに行こうとも思わない。大学生のときに一度、母から父の店に食べに行かないかと連絡が来たが断った。当時住んでいた場所でさえ「緑がない」とフラストレーションが溜まっていたのに、都心になど行ったら、帰りがけにそのままリュックを担いで、一ヶ月ほど山に登ってしまいそうだったのだ。

守の存在を知らない父さんは、祖父さんがいなくなったら、日下部山荘は成り立たないと知っているはずなのに。

モヤモヤとしたものが心の中に溜まっていく。守の匂いを嗅ぐか裏山に入って冬の森の匂いを嗅ぎたい。

宏季は皿を洗いながら切実に思った。


テーブルの上には、ロティサリーチキンが丸々二羽分皿に乗せられていた。

あとは薄く切ったパンと野菜。ゆで卵の輪切り。ハニーマスタードとマヨネーズ、バターもテーブルに揃っていた。

「今日の昼のまかないは、自分で作るオープンサンドです」

簡単だが楽しい。子供が好きそうなまかない料理に、真姫が「可愛い！」と声を上げた。

「スープは具沢山のミネストローネです。余ったら晩のまかないにも出しますね！」

守は皿を並べながら、楽しそうに言った。

この仕事も随分板についたもんだ。器用な家守はホント、羨ましい。

宏季は皿にパンを置き、ハニーマスタードを塗る。

「楽しいご飯だね守さん」

「俺も作ってて楽しいです。最近、俺の天職はシェフなのかなって思うほどですよ」

守は目を細め、人なつこい笑みを浮かべた。

「そうそう。それで、そのシェフのことなんだが、一ヶ月ほど守君に全てを任せようかと思っている」

「えっ！　どうしてですか？　オーナー。何があったの？」

びっくりする真姫に、「息子に、助っ人としてイタリアに呼ばれてね」と祖父は照れ笑いする。

「え？」

真姫は、守が切り分けたチキンをパンに盛っている宏季に視線を移した。

「俺は行かない」

「期間限定でなら、俺、頑張ります！」

守は「ずっとだと困りますけど」と付け足す。

「そっか。だったら私も頑張る！」

真姫と守は顔を見合わせて「ファイトだ！」と拳《こぶし》を固めた。

「で？　いつから向こうに行く？」

宏季の問いに祖父は「ロティサリーチキンの漬けダレの作り方を守君に教えたら」と言う。曖昧《あいまい》だ。

「まあ守君なら、あと一週間あればどうにかなるよ。私がいない間、ディナーはなしにしよう」

「えっ！　私のお給料！」

「こっちの都合で営業時間を変えるんだ。ディナーの分もちゃんと払う。安心しなさい」

安堵する真姫に、宏季も内心ホッとした。

いくら守が料理ができても、ディナーまではまだ任せられない。

日下部山荘の看板に何かあってからでは遅いのだ。

「だとすると、年末年始は向こうで過ごすのか」

「そうだよ」

「クリスマスの貸し切り予約を取らなかったのは、もしかして今回の出張のためか？　祖父さん」

「あいつがな、前からうるさくてな。何かあったら困るからと思って、今回は予約を取らなかった。正解だったよ。イタリアで店舗を増やすとはな」

祖父は子供のようにはしゃぎ、「いいねえイタリア！」と目尻を下げる。

「そっか。向こうで頑張ってくれ。こっちもどうにかなるだろう」

宏季は具沢山のオープンサンドを頬張り、「ん、旨い」と頷いた。

母屋のリビング用の薪を両手に持って歩く宏季に、守が声を掛けた。

「ん？　なんだ？」

「半分持ちます」

「おう」

「宏季さんは、お父さんが嫌いなんですか？」

これはまたストレートに聞いてきたな。

宏季は小さく笑って「なんとも思ってない」と言う。

「昔はもう少し、親のことを考えていたと思うけど、もう成人して七年も経つとなあ」

「そうですか」

「ドロドロした感情は、面倒臭くなる」

「俺は宏季さんに甘くてトロトロした感情を抱いてますよ」

守はニッコリと笑んで言い切った。

この笑顔を見ていると、自分の心にあるモヤモヤが馬鹿らしくなってくる。

「たまにはお前の笑顔も役に立つんだな」

「え？　なんですか？　それ、酷いです—！」

「褒めてる。それと、助かってる。……料理を覚えてくれて、嬉しい」

守がいれば、祖父が店を留守にしても、宏季の居場所は残っている。

こういうことこそ、「恩返し」だ。

「それなら、俺も愛してるとか、今晩布団に潜《もぐ》ってこいとか、そう言ってほしいな」

「図々しい」

「希望です！」

「まだそこまで寒くないだろ」

「俺はとてもデリケートなんです。だから、宏季さんの体温と愛が絶対に必要なんです。これをなくしたら生きていける自信がありません！」

足元にコッコッと鶏。視界の隅で飛び跳ねる兎たち。

のんびりとした山間に、守の声だけが場違いに響く。

「馬鹿なことを言ってる間に母屋に着いた」

宏季は母屋横にある高床式の薪置き場に薪を入れ、ツナギについた木ぎれを両手で払う。

守もそれに倣《なら》った。

「お前、シェフコートだったのかよ。ちゃんと着替えさせればよかった」

「はい。ここまで薪を運んでので、ヨシヨシしてください」

自分よりデカい男が膝を曲げ、頭を撫でてもらうのを待つ。

宏季は「仕方ない」と言って、守の触り心地のいい髪をぐりぐりと撫でた。

「本当はキスも欲しいけど」

「図々しいぞ」

「……と言われるので、やめておきます。ただ、俺は今ちょっと寒いので」

守は最後まで言わず、いきなり宏季の体を抱き締める。

お世辞にも温かいとは言えない彼の頬が自分の頬に触れ、宏季は眉を顰《ひそ》めた。

「おい、この馬鹿たれ」

「酷いです。その言い方」

「こんなにほっぺを冷たくして、何考えてんだよ。さっさと言えよ。温めてやればいいのか？　ちゃんと動けるか？　それとも風呂に入った方が手っ取り早いのか？」

「あの、風呂だと……体が冷めやすいので……抱き締めて体温を移してくれる方が、嬉しいです」

「よし。だったら部屋に行く。ディナーが始まるまで温めてやれば、ちゃんと動けるようになるな？」

守は照れ臭そうに頬を染め、頼りなさそうに「はい」と声を震わせた。

布団を広げてからツナギを脱ぎ、下着姿になって布団に潜り込む。羽毛布団だからすぐにふんわりと温かくなるだろうが、遅れて入ってきた守は、足まで本当に冷たかった。

「宏季さんの足、温かい」

「もっと絡めてもいいぞ?」

「そんなことを言われると、俺の煩悩《ぼんのう》が弾けます。今のままで十分です」

「んなわけあるか」

宏季は守にしがみつき、わざと彼の足に自分の足を絡めた。ぴったりと密着した足と股間は、やはり冷えている。

「冬眠されたら困るんだよ」

「しませんよ」

「でも、こんなに冷たい」

ヨシヨシと背中をさすりながら、もっと力を込めて体を密着させると、守が「ひゃっ」と変な声を上げた。

「ん?」

「宏季さん……俺だって男なんですけど」

「そりゃわかる」

「大事に思っている人に下半身を押しつけられたら、反応します。俺、素直なんで」

「そこは我慢の見せ所だろうが」

「見てほしい場所ではあります」

「そうじゃなくて………………この野郎」

人がせっかく親切にしてやったのに、何勃ててやがる。

宏季は腰を引こうとしたが、「駄目です」と言われ、逆に腰を押さえつけられた。

「ちょっと温かくなった」

「そりゃそうだろうよ！　なんだよもう離せ！」

「駄目。俺はまた、宏季さんに触れたい」

台詞はキザでもしてることはアレだぞ、てめえ！

宏季は唇を噛み締めて体を捩《よじ》るが、押さえ込まれる力が強くて動けない。トカゲのくせにどこにそんな力があるのだろう。

離してもらわなければ、自分の下肢も大変なことになる。

「こら、守……っ」

「離しません。宏季さんが気持ちよくなってくれれば、俺も温かいんです。宏季さんへの恩返しが、結局は自分のためになる。これって素晴らしい」

ああホント、お前の頭が素晴らしい。

宏季は守の肩に顎を乗せ、頬を染めながら心の中で悪態をついた。


「人間の温かさは、なんというか……切なくなりますね」

「そうか？」

「切なくて気持ちよくて、ずっと守ってあげたい気持ちになります。……俺は家守なので守りますけど」

守が宏季の髪に顔を埋め、「もっと気持ちいいことしたいなー」と呟く。

「まだ今日の仕事は終わってないし、エロいことをする気もない」

「わかってます。でも、その……宏季さんは気持ちよくなってるときも男らしいというかどこか冷静で、色気が皆無というか……皆無なので、エロいことはしないと言われてもピンとこないです」

ふざけんなこのトカゲ！

宏季は無言で守の頭を叩く。

「恩返しをしに来たとか好き勝手言って、俺にベタベタ触ってるだけの人外が何言ってやがる。そもそも、俺の心が広くなかったら、人間以外のものと一緒に布団に入るか！」

「心が広いというか、宏季さんは俺を気に入ってますよね？　気になって気に入って、次は恋しましょう。俺、ずっと宏季さんの傍にいますから」

確かに気に入ってはいる。あざといけど可愛いし、髪も触り心地がいい。けれどそれ以上はまったく求めてない。

「色っぽくない宏季さんも可愛いです」

「そうかよ……って、てめえ！」

守の筋張った長い指が、宏季の背中をするりと撫でて尻を揉んだ。

「俺は本気なんですよ？　宏季さんも俺と真剣に向き合ってほしいです」

「だからって、いきなり尻を揉むなっ！」

「素敵な弾力です」

「このっ、てめえ………っん」

長い指が尻の割れ目を辿って会陰に辿り着く。そこをぐっと力を入れて押され、宏季は思わず大きな声を上げてしまった。

体に電流が走ったような快感に襲われ、瞬く間に陰茎を勃起させる。

「宏季さんは敏感だから、多分、こういう場所でも感じられると思いました。凄く気持ちよさそうな顔してます」

　会陰をマッサージするように強く押され、もう一方の手で下着越しに陰茎を扱かれる。

「くっ、は……っ、ちくしょ……っ」

「気持ちよくないですか？」

「こんなの、どこで……覚えた……っ」

「七百年も生きてれば、いろんなものを見ますから」

　守はニッコリ笑い、「乳首も吸ってあげましょうか？」と宏季の耳に囁く。

「はっ……」

「どうします？」

　ぐいぐいと会陰を押し上げられて、宏季の腰が疼《うず》く。

「吸えば、いいだろ……っ」

「はい」

　責められていた下肢から守の手が離れ、今度は抵抗しないよう両腕を押さえつけられる。

　ふっと息を吹きかけられただけで、乳首が疼いた。舌先で突かれると腰が浮く。

　甘噛みされて引っ張られると、背がしなるほど気持ちよかった。

　強く吸われた途端に、女のような声が出た。自分の声を聞いて羞恥心を煽られて、余計興奮する。

「ん、んんっ、は……っ、ぁああっ」

「可愛い声。俺は少しも萎えてませんよ。もっと宏季さんの声が聞きたい」

守の硬い陰茎が太腿に押しつけられた。

「……っ！」

いつも犬のように「宏季さん」とまとわりついて、甘ったれた笑顔を向けてくる男は、もう何も言わずに宏季を愛撫する。

「ぁ、あっ」

吸われて硬くなった乳首を、ふっくらとした乳輪ごと指先で小刻みに揉まれ、たまらず声を漏らした。

それと同時に、下着に大きな染みができたのが分かる。グレーの下着なんて穿くんじゃなかった。濡れたらすぐに色が変わる。

でもそれも、気持ちよくてどうでもよくなった。

「あっ、ぁあっ、くそっ、気持ちいい……っ」

前に弄られたときよりも格段に気持ちがいい。できるなら達するまで弄り続けてほしいと宏季は思った。

腰が浮いて、勝手に揺れる。

「なんで、こんな気持ちいいんだよ……っ」

宏季は守の頭を掻き抱き、上擦《うわず》った声で「もっと」とねだった。

「その前に……あの」

「なんだよっ」

「キスしてもいいですか?」

「すればいいだろ」

宏季は守の頭を両手で摑み、口を開けて顔を寄せる。

男とヤルかよ……と文句を言っていたことは、今は忘れた。

守は小さく笑って宏季の唇に自分の唇を合わせてくる。

口腔《こうこう》で二人の舌が絡みもつれ、唇の端から唾液が滴っても終わらない。角度を変え、鼻で呼吸をしながら、宏季は守の舌を受け入れて愛撫を返した。

「は……っ、これ、ヤバイ、です。俺、キスだけでイキそう」

「馬鹿……俺も、だ……っ」

「俺のことを好きでなきゃ、こんなことできないのわかってます?　宏季さん」

ついばむようなキスを何度もしながら、守が目を細めて笑う。

「馬鹿。そんなこと言ってる暇あるなら……続きしろ」

「宏季さんは照れ屋さんですね」

守はニッコリ笑うと、宏季の下着を脱がした。

「絶対に痛くしないから、最後までさせてください」

「いちいち言うから、俺だって身構えるんだよ！」

「ごめんなさい」

「最後までやんないと収まらないんだろ？」

「………はい」

「だったら、やれ」

男らしく決断した宏季に、守は「ホント、色気の『い』の字もないです」と言う。

「お前はそんな俺でもいいんだろ？　俺だってこれ以上我慢したくねえんだから！」

「はい」

「それで……ほら、あれだ。体はちゃんと温まってんのか？」

「温かくなりました。宏季さんのお陰です。愛してます」

守は宏季の額に自分の額を押しつけて甘えた。

ああもう、こういうときは凄く可愛いのにな、お前。

ヨシヨシと乱暴に守の頭を撫で回しつつ、宏季は「仕方ないか」と諦め気味に微笑んだ。

「く……っ」

宏季は両腕を交差させて顔を隠し、体の中の異物に耐える。

「なん、だよ……っ、早くしろよ……っ」

後孔はハンドクリームにまみれ、中で守の指が三本も動いていた。指を動かされるたびにぐちゃぐちゃと泡立つ音が聞こえてくる。

「まだ締めつけがきついので……もう少し慣らしますね」

「人外なら、そういうのどうにかしろ！　馬鹿！」

「無理です。ちょっと大人しくしてください。……ええと、ここらへんかな」

さっきから何かを探っていた指が、ある一点でピタリと止まった。

「え？」

「ここ、ですね」

「ひっ、く……っ。あ、ああああっ！　や、やめろ！　そこ弄るなぁっ！」

体が勝手に反応し、宏季は大きな声を上げて背を仰け反らせる。

「ほら、体の中が柔らかくなった」

「嫌だって言ってんだろっ！　んんっ、あ、んんんっ、だめ……っ」

両足が突っ張り、つま先まで震える。頭の中が快感で真っ白になり、宏季は喉を震わせて射精した。

「顔、見せてください」

「誰が、見せるか……っ、こんな、みっともない顔……！」

「凄く可愛いのに」

守は残念そうに言って、宏季の中から指をそっと引き抜く。

息を整える間もなく腰を掬い上げられ、守の陰茎にゆっくりと貫かれた。

「くそっ、ホントに……入れやがったっ」

「凄く気持ちいいです。宏季さんの中、熱くて締めつけてきて……俺、凄く幸せです」

「あ、あ……」

指とはまったく違う圧迫感に、宏季は下腹を押さえて唇を噛み締めた。

拳を振り上げて「もう入ってくんな」と言ったが、ふと見上げた守の綺麗な顔が妙に男臭くて、わけもわからず心臓が高鳴る。

「も、やだ」

「待って、宏季さん。……全部入ったから。ほら、あなたの中に、俺が全部入った」

守の右手が、下腹を押さえていた宏季の手に重なる。

「入ったなら満足しただろ？　もう抜け」

「駄目です。中でも気持ちよくなって」

「ひっ」

腰を摑まれたと同時に律動が始まった。

いい場所を突き上げられると、宏季は泣きたくなるほど胸の奥が切なくなって、「嫌だ嫌だ」と首を左右に振った。

「宏季さん……っ」

「い、嫌だ、気持ちよくなくていい、中が気持ちいいなんて、そんなの……おかしいっ」

さっさとヤれと男らしく言ったはずなのに、いざ、ざわざわと快感が這い上がってくると怖じ気づく。

男なのに妙に高い声を上げ、気がつくと守の動きに合わせて腰を動かしている自分がいて、宏季は恥ずかしくてたまらない。

華奢でなければ可愛らしくもない、その真逆にいる自分が、中のいいところを突き上げられて喘ぐなんて、これほどみっともないことはないとわかっているのに、声が止まらない。腰が勝手に揺れる。

「気持ちよく、させんな……っ、俺みたいな男に、こんなの、似合わないっ」

「どうして？」

「デカイし……目つき悪いし、愛想も、ないし……っ」

「でも俺より小さいし、それに可愛いです。俺が、宏季さんは可愛いって言ってるんだから、あなたは可愛いんですよ。だから、もっと声出して喘いでいいんです。感じてくれてるんだ

なって思うと、俺……嬉しいです」

ゆっくりと腰を動かしながら、守が優しく囁く。

額や目尻に何度もキスをくれるのが、無性に嬉しい。

「二人っきりなんですから、周りのことなんか気にしないでください。もっと可愛い宏季さんを見せて」

二人きりと言われて、急に安堵した。

普段の宏季を知っている人間は、ここにはいない。いるのは、宏季を「可愛い」と言い続ける守だけだ。

「俺がみっともないこと言ったり、してたりしても、いいのかよ」

「いいです」

宏季は「そっか」と小さな声で言うと、守の背に両腕を回す。

「続き、してくれ」

「はい」

貫かれ突き上げられて、快感に声を上げる。体の中の感じる場所ばかり集中して責められていると、胸の奥が切なくなって涙が出てくる。

宏季は何度も何度も「気持ちいい」と喘いで、守の背中に爪を立てた。

「幸せです」

「………よかったな」

「宏季さんは凄く可愛かったし」

「尻と腰が痛い」

「ちょっと頑張っちゃいました」

「もう二度としない」

「でも宏季さんは気持ちのいいことが好きだから、またしたくなります」

布団の中で、守にきゅっと抱き締められる。

気持ちいいのか眠いのか、宏季にはもう分からなくなってきた。

「眠い」

「寝てください。ディナー前に起こしてあげます」

「守」

「はい？」

「体は？　もう寒くないか？」

宏季は守の背に腕を回し、彼の背中や尻を撫で摩る。

「十分温かいです。俺、凄く愛されてるって実感してます」

馬鹿。軽々しく愛なんて言うな。……ちょっと気持ちいいけど、重い言葉なんだから。

もう口を開くのも億劫《おっくう》で、宏季は守の腕の中で目を閉じた。

「お休みなさい、宏季さん」

ポンポンと、優しく背中を叩かれて、宏季は柄にもなく彼の胸に額を擦りつけて甘えた。


「……じゃあ行ってくるよ。何かあったらすぐに電話するんだよ？」

「時差あるし、電話代が高いからコレクトでいいか？」

「なんでもいいから、何かあったら連絡しなさい」

「こっちは心配するな。祖父さんこそ、年末に海外で風邪なんか引くなよ」

宏季は祖父を見下ろして、「親父によろしく伝えてくれ」と言った。

「んー……やっぱりお前も連れて行きたいな。」

「日本語が通じるところにしか住みたくないし、守の世話もあるから無理」

「お前の父さんが、一緒に暮らしたいって言ってたんだけど……やっぱり駄目かい？」

祖父はスーツケースに寄りかかって、孫を見上げた。

何度も話し合って決めたことだが、祖父は最後にもう一度尋ねる。

「俺に親父の老後の面倒は無理だからと伝えてくれ。祖父さんの老後は俺が面倒見る。だから俺は、ここでずっと働く」

「そこまで言うなら、わかったよ。じゃあ、キジ丸と兎たち、鳥たちを頼むよ」

「おう、任せとけ」

宏季はニッコリ笑って、真姫の愛車に祖父のスーツケースを詰め込んだ。

「はい！　あとは私が最寄り駅まで無事お送りしますので！　お二人は雪囲いを済ませちゃってくださいね！」

「はーい！」

ランチが終わって我が家に帰宅する真姫が、祖父のためのタクシーに名乗りを上げた。

「おう。くれぐれも安全運転でな？」

「俺も！　頑張りますから！　お祖父さん、ちゃんと帰ってきてくださいね！」

守は祈るように両手を握り締め、祖父を見つめる。

「頑張っておくれ。あと、君は宏季と仲良くやってくれれば、俺はそれが一番だ」

祖父は笑いながら助手席に乗り込んだ。

「行ってきまーす！」

真姫の深紅のミニクーパーが、カスタマイズした気持ちのいいエンジン音を響かせて、日下部山荘を後にした。

「……ランチの味が落ちたら、評判も落ちるぞ」

「俺がそんなヘマをやるわけありません。習うべきことはしっかりと習いました」

「そっか」

「雪囲い、やっちゃいましょ！」

豪雪地帯ではないが、雪囲いをしておけば伸びたつららで窓が割られることもない。大事な作業だ。

「……その前に、鶏と兎を麓の農家に預けてこないと」

「え？　冬になる前に食べちゃうんじゃないんですか？」

「鶏はともかく、兎は祖父さんのペットだ」

「あー」

守は微妙な表情を浮かべ、「一度、料理に使わないんですか？　って言ったことが」とため息をつく。

「安心しろ。俺も危うく言いかけた」

「はは！」

「明日、農家に電話して軽トラで来てもらう」

「じゃ、雪囲いはレストランと母屋だけですね」

重労働になるだろうに、守はいとも簡単に言った。

「汗だくになるぞ」

「温かくなる分には構いません。……それと宏季さん」

「ん？」

のんびり母屋に向かって歩き出したところで、守を振り返る。

「狩猟……一度も行きませんでしたね」

「あー……まあ、ディナーが一ヶ月ないしな」

それに、そういうの嫌なんだろ？　お前。

宏季は最後まで言わず、ニッと笑った。


薪ストーブで暖まったリビングでは、キジ丸が野生を捨てて腹を見せて眠っている。

「ったく、お前は」

火かき棒で薪の位置を調整し、新しい薪を一本くべる。

ストーブの上には、守が作ったおでんがいい感じに煮えていた。

「俺、こういう自然な暖かさが好きです」

「俺もだ。学生のときは、薪ストーブが懐かしくて懐かしくてたまらなかった。電気ストーブとかエアコンは、どうも性に合わない」

「宏季さんには自然が似合います」

ポフンと、守はソファに腰を下ろして長い足を放り出した。

「俺もそう思う。人工の物ばっかりだと息苦しくなるんだ」

「俺の匂いを嗅いでいればいいですよ。宏季さん、俺の匂いが好きでしょ？」

「ああ」

宏季は軽く頷いて、ニコニコと微笑みながら両手を広げている守の腕の中にダイブする。

「うぐっ」

「俺よりデカイんだから、ちゃんと受け止めろ」

「はい。でも……痛い……」

守は涙目で宏季を抱き締め、「痛いけど愛してます」と囁いた。

「おう、知ってる」

「文句を言わなくなっただけ、一歩前進ですね」

「お前はさっさと恩返しを終えてしまえ」

「厳しい！」

そんな悪態をついても、宏季は守の腕の中にいる。

一度セックスしてしまうと免疫ができたようだ。自分のような体格のいい男が喘いでもいいのだと教えられて、守とのセックスが楽しくなってきた。

かといって、毎日するわけではないが。

「宏季さーん」

「あ？　しないぞ」

「俺、まだ何も言ってません」

「言わなくてもわかる。トカゲが盛るな」

「家守です。ただのトカゲじゃありません」

守は「よっこらしょ」と言って、宏季と向き合うように彼の体を自分の腹の上に乗せた。

「なんだこの格好は」

「将来やりたい体位の希望です」

「はいはい」

「一ヶ月も、夜は二人きりなんですよ？　一度試しましょう。奉仕します」

キラキラと輝く笑顔で言われたくない。

「そのうちな」

「そう言って忘れるんだ。宏季さんは酷い」

「ウザイ、そして重い」

べしべしと守の頭を叩きながら、宏季は眉間に皺を寄せる。

「家守は情が深いんです」

「知ってる。……今夜は、日本酒でも開けようか？　秘蔵の一本がある」

守はいきなり酒の話をされてきょとんとしたが、瞳を輝かせて「ご相伴《しょうばん》に与《あずか》ります！」

と言った。

「最初は恩返しでうちに来たはずなのにな」

今じゃ立派な居候《いそうろう》だ。

「毎日してますー」

「いつ頃終わる？」

「宏季さんは最近ちょっと意地悪じゃないですか？」

上目遣いで頬を膨らませる守は、文句なしに可愛い。

可愛いくて綺麗な男が（人外ではあるが）、自分を愛して止まないというシチュエーション は、なかなか気持ちよかった。


「一ヶ月もディナーがないのは辛いけど、宏季君を誘い放題になるね」

守の作ったチキンカレーランチを食べながら、駒方が嬉しそうに目を細める。

「懲《こ》りない人ですね」

「そりゃそうだよ。ロマンティックなレストラン、暖炉の前で語り合う夕べ、温かなベッドの中……俺は君と二人で堪能《たんのう》したいからね」

「彼氏がいると言ったと思いますが」

「聞いた。でも、俺には関係ないから」

「俺にはおおいに関係するので、誘わないでください。守の機嫌が悪くなる」

「ああ、嫉妬《しっと》しちゃうんだ。いいねえ。嫉妬させなよ」

「俺が酷い目に遭《あ》うんです。あいつ、しつこいから」

宏季はそっぽを向いて、眉間に皺を寄せた。

駒方は宏季を見つめて、ポカンと口を開ける。

幸いにも、他の客はカウンター越しに見える守に夢中で、今の会話は聞こえていないようだ。

「もしかして、惚気《のろけ》？　今の惚気？」

「惚気ではなく事実です」

「……あんな綺麗な顔して、結構えげつないんだね守君て」

駒方は何かよからぬことを想像したらしく、ニヤニヤし始める。

「何を想像してるか知りませんが、俺にしがみついてずっと『どこにも行かないでくださーい』ってホント、しつこい。そしてウザイ」

「なんだ、つまらない」

駒方はあからさまに興味を失った表情を浮かべて、グラスに入ったガス入りのミネラルウォーターを一口飲む。

宏季は「俺、仕事があるんで」と言って席を立ったが、真姫に「怠けないで」と尻を叩かれ、常連に笑われた。


「はい！　反省会です！　今日のランチは如何でしたか！」

テーブルの上にはまかない用の料理が並ぶ。鬆《す》の入った小田巻と、鶏肉のカレー炒め、根野菜の蒸し物。そして、豆腐とワカメの味噌汁。ご飯。

余った食材で作っているので統一感はない。

「んー……、ちょっと料理ができるのが遅いかな。でもほら、まだ厨房を任されて一週間だし！」

真姫は急須にお湯を入れ、三人分の湯飲みにお茶を注ぐ。

「タイミングが悪いんだ。あと、使う皿を間違えたな」

宏季はお茶を啜《すす》り、じろりと守を睨んだ。

「うっ……他にはありませんか？　味が悪いとか、お客さんが残しちゃうとか……」

守は真剣な表情で聞いてくる。

しかし宏季は真姫と顔を見合わせてから、首を左右に振った。味に関するクレームはまだないし、常連客も「この味なら合格」と言ってくれた。守目当ての客が残すはずはないし、なんの問題もない。

「みんなが旨いって言ってるのに、自信がないのか？」

早くもバクバクと大口を開けてまかないを食べる真姫をよそに、宏季は守の顔を覗き込む。

「プレッシャー感じてますから。好きなことをやってこんなに辛いのは初めてです」

前髪を優雅に掻き上げながら苦悩するキラキラ美形は、美しいが、宏季も真姫も彼の顔に慣れてしまったので今更感慨深くはない。

「図々しいくせに、妙なところが繊細なんだなお前」

「酷い！」

「事実じゃないか。……お、このカレー炒め旨い」

「ありがとうございます！　でも、宏季さんと仕事中離ればなれなのが寂しいんです」

「うちのレストランの広さを見てから言え馬鹿」

離れていて寂しいという距離ではない。

「だって、毎日……駒方さんが来るし。そうすると、宏季さんは五分はあの人のところでおしゃべりしてるし。俺の心は嫉妬の炎で燃えさかってどうしたらいいんですか！　火トカゲですか俺！」

火トカゲの言葉に宏季はギョッとするが、真姫は「恋の炎に身を包む～」と変な歌を歌ったので大丈夫だったようだ。

「話すだけで何もしてないだろ。なんで嫉妬するんだ」

「俺のことを……愛してるって言ってくれないじゃないですか！　俺はこんなに愛しているのに。酷いですよね？　真姫ちゃん」

振られた真姫は「宏季さん、それナイわー」と酷く冷めた声を上げた。

「意味がわからない」

守がおねだりしてくる行為に関して、宏季なりに最大限の譲歩をしているのに、この仕打ち。酷すぎる。

「言葉で伝えるのって大事ですよ？『察しろ』とか『わかってるだろ』って最悪。そんなの男らしくないと思います、男らしい宏季さん」

恋人同士だったらな！　恋人同士なら、俺だってそういうことは多分、言うさ！　けど守と俺はそういう仲じゃないんだ。お前が勘違いしたのをいいことにそう振る舞ってはいるが、まったく違うんだ！

言えない言葉を、心の中で叫んでみる。

なのに守は構ってほしい子犬の顔で「ですよねー？　俺が可哀相ですよねー」と、真姫に助けを求める。

七百才のトカゲのくせに。

「『妻に愛していると言ってみる』ってまとめがですねー、ウエブにありましてですねー、読んでみると結構感動ものなんですよ？　魔法の呪文ってあるもんですね」

「ふーん」

「好きなのに何も言えないまま死別とか、後悔してもし切れないと思うんだよな私」

「誰が死ぬ誰が」

「だって、いつ何が起きるかわからないじゃないですか。だから、後悔しないように言いたいことは言っておくのがいいと思います。この小田巻めちゃくちゃ美味しい。茶碗蒸しにうどんが入っただけで、こんなに美味しくなるなんて料理って凄いなー」

真姫は言いたいことを言いながら、茶碗に二杯目をおかわりする。

その小さな体のどこに二杯目が入るのかわからないが、とにかく食いっぷりが凄い。

「そうですね。俺がある日いきなりいなくなったら、宏季さんが可哀相だ」

ドキリとした。

多分それは言葉のあやで、いきなりいなくなることはないだろう。恩返しをしに来るほどの律儀な家守だ。出て行くときも「さようなら」と礼儀正しく挨拶していくに違いない。けれど、最後に聞く守の言葉がそれでは、なんか寂しい。もっと他に言うことがあるんじゃないかと思ってしまう。

「しゃべってる暇があるならさっさと食え。雑用は山ほどあるんだ」

宏季の眉間に皺が寄る。

兎小屋の掃除と修復、鶏小屋の屋根も直しておきたいし、いい加減、自然のままの裏庭に手を入れたい。

誰かさんに「好きだ」とか「愛してる」とか言う暇などないのだ。

ツナギを着てのこぎりを手にした宏季に、守は「なんでもできちゃうんですね宏季さんは」と感心した。

「料理以外はな。ほんと、あれだけは意味不明だ。わけがわからない」

「覚えると楽しいんですけど」

「適材適所だろ。お前が覚えていれば問題ない」

「はい。あの……あと俺、今、凄く寒いです」

ツナギの上に、耳を覆うニット帽、ダウンジャケット、足元はボア付き長靴という暖かアイテムに包まれているのに、守はよろめきながら宏季の腕にしがみついてきた。

そう言えば今夜から天気が荒れると、午後のニュースで言っていた。それも関係するんだろうか。

「そんなに寒いのか？」

「はい……いつもと調子が違うので、風邪を引いたのかもしれません」

「人外が風邪？」

「七百年病気一つしたことがないので、ここらへんでガタが来たのかなと」

えへへと笑う守の頭を、無言で叩く。

「痛いですー」

「母屋でキジ丸を抱っこしてあったまってろ。仕事なら俺一人でできる」

今までだって一人でやってきたんだから。

「でも、二人でやった方が早いですし。恩返しの一環として……」

「それで具合が悪くなられちゃ、こっちが困るんだよ！　誰がランチの厨房に入るんだ」

「あ」

守は目を見開いて宏季を見つめ、それからちょっと悲しそうな顔で笑顔を作る。

「そうでした。日下部山荘は大事ですもんね。俺、母屋であったまってます」

宏季は軽く頷いて、兎小屋に向かう。

……「俺のことはどうでもいいんですね」みたいな顔すんな馬鹿。俺の口が悪いのはわかってんだろトカゲ！

心の中で悪態をつき、作業小屋に向かう。

一人で黙々と小屋の掃除をして、修理場所の寸法を測り、板を切ったところで、大きなため息をついて顔を上げた。

「あの馬鹿野郎が」

電動のこぎりの使い方は慣れているはずなのに、足元にはたくさんの失敗作が転がっている。再利用できる板は残念ながらなく、乾燥させたらストーブの薪だ。

「くっそ！」

今日はもう仕事ができない。

宏季は周りを片づけて、作業小屋から母屋まで走った。

守はソファに仰向けになったまま、キジ丸を腹に乗せて眠っていた。

ストーブの上には大きなやかんが掛けてあり、シュンシュンと湯気を出している。

テレビはつけっぱなしで、午後のワイドショーが流れていた。リモコンは、ソファから落ちた左手の中にある。

「なんて格好してんだ」

宏季は彼の手からリモコンを取ってテレビを消すと、ニット帽を被りダウンジャケットを着たまま寝ている守を見下ろした。

守は森の香りをリビングにも漂わせ、キジ丸はゴロゴロと喉を鳴らしている。

白っぽい金髪に、長いまつげ。腹が立つほど美形の寝顔。

眠れる森の美女……という単語が頭に浮かぶ。

「美女じゃねえんだよな。美男だよな、これ」

「綺麗で……すみません」

「起きてんのかよ」

「今」

ゆっくりとまぶたが開く様をムービーに撮っておけばよかった。なんだろう、この完璧な目の開き方。トパーズ色の瞳。見惚れる笑顔。

「凄く暖かくて、気持ちいいです」

「具合は?」

「宏季さんの顔を見られたから、凄くいいです」

「そうか。なんか飲むか？」

右手をそっと伸ばして、守の額や頬に触れる。人と同じように温かい。

「宏季さんが入れるより、俺が入れた方が美味しいココアができると思います」

守がゆっくりと体を起こし、キジ丸は文句を言いながらストーブの前へと移動した。最初はどうなるかと思ったが、キジ丸と守は、今は本当に仲がいい。

「ココアぐらい簡単だろ」

「いいえ、俺がやります。宏季さんはここでのんびりしていてください」

「お前ちょっと黙れ」

宏季はムッとした顔で守をソファに寝かせ、キッチンに向かった。

「あのー」

「ちゃんと手を洗ってから作る。ココアでいいな？」

「はい」

「……何見てんだよ」

「ココアの缶は、右のつり棚に入ってます。牛乳はラーメン用の鍋でなくミルクパンを使ってくださいね。あと、少量のお湯でココアを練るのを忘れないこと。最後にマシュマロを浮かべると、宏季さん好みのココアになります」

「うるせえ」

ココアを作るのにそんな手順なんてあったか？　そういやいつも祖父さんが作ってたな、これ。コーヒー入れより面倒臭いってあり得ない。

コーヒーは麓の旨い珈琲屋で豆を買って、電動ミルで粉にして、コーヒーメーカーにセットして終わり。あとは機械が旨いコーヒーを作ってくれる。

「あのー……やっぱり俺が作った方が……」

「寝てろ」

「牛乳を沸騰《ふっとう》させたら駄目ですよー」

「えっ！」

ガス台を見ると、ミルクパンの中身がゴポゴポと煮立っていた。

慌てて火を止めたが、何やら気味の悪い白い膜が浮かんでいる。守に見えないよう、スプーンで膜を掬い取ってから、マグカップの中で練っていたココアにたっぷりと注いだ。

「守」

「はーい」

「ちゃんとお湯で練ったのに……なんでココアが溶けないんだ？」

「牛乳を少しずつ入れながら練ると溶けていきますけど？」

じゃあなんだ、このうっすら茶色の液体は！　失敗か？　いや、そんなことはない。

宏季は真剣な顔でマグカップの中身をボウルに移し、電動泡立て器を取り出してスイッチを入れた。

次の瞬間、ボウルの中身が周りに飛び散った。中身はもうない。

「なんで?」

宏季は空になったボウルと、心配そうにこっちを見ていた守を交互に見て、顔を真っ赤にする。

たかがココア、されどココア。

宏季は大きなため息をついて、その場にしゃがみ込む。

「何やってんだ俺。慣れねえことすっから……」

とにかく、ココアで汚れたキッチンを綺麗にしなくては。甘い物には虫が来る。

「宏季さん、俺も手伝います」

「いや、自分でやったことだから」

シンク下の棚から新しい雑巾とバケツを引っ張り出して、宏季は首を左右に振った。

「二人でやった方が早いし」

「俺が、柄にもないことしただけだから……!」

「だってそれ、俺のためですよね? 俺にココアを入れてくれようとしたんですよね?」

「しゃべんな」

「俺、凄く嬉しいです。俺の愛がちゃんと宏季さんに伝わってたんだなって」

「愛なんかじゃねえ」

「宏季さんは男らしいから認めづらいだけです」

男らしくなんかない。言いすぎて悪かったって言ってないし、俺は変な意地張ったただの馬鹿だ。

なのに守は「えへへー」とニコニコしながら、ココアで汚れた宏季に寄り添い、「早く片づけちゃいましょうね」と笑う。

宏季は守の頭を撫でようとして、自分の手がココアで汚れていることに気づいて慌てて手を引っ込めた。

「そんな急がなくてもいいです。俺の愛をジワジワ受け入れてください。俺は、恩返しをしながら気長に待ちます」

「……恩返しがメインだろが」

「あ、そうでした」

「今夜の飯……何？」

「鳥鍋にするか湯豆腐にするか悩んでて……」

「湯豆腐がおかずになるか。どうせなら、揚げ出し豆腐とか麻婆豆腐だろ」

「鳥鍋と麻婆豆腐なら、体が温かいまま寝られますね！」

「麻婆は激辛な。飯の上に乗せて食う」

「じゃあいっそ、麻婆丼にします？」

「鳥鍋は？」

「もちろん作ります。汁物代わりで」

「だったらいい。あと、ビール」

二人で床や壁を丁寧に拭きながら、これから食べる夕食の話で盛り上がる。

けれど守は、ビールと言われてしょっぱい表情を浮かべた。

「アルコールは……酔いが冷めてくると体が冷えるので俺は遠慮します」

「そっか？　じゃあ、やめとけ。そもそもトカゲだもんな」

「家守と言ってください。ただのハ虫類と一緒にされては困ります」

「はいはい」

宏季が適当に頷いたそのとき、風の音が急に大きくなった。

「最近よく外れてたんだが、天気予報が当たったようだな。きっと荒れるぞ」

「そうですね。でもここには俺がいるので安全ですよ」

守は胸を張り、「家守ですから」と威張る。

褒めてと言わんばかりの態度が可愛くて、ちょっとしゃくに障《さわ》った。

「雑巾持った手で頭を撫でてほしいなら、いくらでも撫でてやるけど」

「それはちょっと……おでこにチュウとかでもいいんですよ?」

守はニット帽を脱いで、いつでもどうぞと顔を近づける。

「なんでそう、スキンシップが好きなんだ?」

「好きな人に触ってもらえるのは嬉しいじゃないですか。俺はいつでも宏季さんに触ってほしいし、宏季さんを触りたいと思っています。寝てる宏季さんに触りたいと思ったこともありますが、やっぱりなんの反応もないのは楽しくないし。だから起きてる宏季さんに積極的に触ってほしいです。俺、どこ触られても嬉しいですから!」

真姫が以前言っていた「残念な美形」と言うのは、今の守のような男を言うのだろう。さらっさらの輝く髪も、トパーズ色の綺麗な瞳も、白い肌も、なんの役にも立たない。むしろ、素晴らしければ素晴らしいほど、残念度を上昇させるアイテムとなっている。

「どこでも触れって、新手の痴漢か」

「眉間に皺を寄せないで。縦皺が取れなくなります」

「別に誰も困んねえだろ」

「駄目です。宏季さん可愛いんだから、縦皺は余計です」

「可愛いって言うな。恥ずかしい。可愛いっていうのは、身長は一六〇ぐらいの、色白で目が大きくて、笑顔が可愛い女子高生みたいなのを言う言葉だろ」

「……やけに具体的に来ましたね。初恋の人?」

守がニヤニヤしながら宏季にピタリと体を寄せ「ちょっと妬《や》けます」と言う。

「…………高校生のとき、隣の席にいたヤツ。香水とか、そういう人工的な匂いのするもの、付けてなかったから、その、結構……いいなと思ってた」

「ふーん」

「でも、その……そいつとは何もなくて、ただのクラスメイトで終わった。俺は男らしくもなんともない、ただの目つきの悪い無愛想なガキだったからな」

何をトカゲ相手に昔語りしているんだろうと思いつつ、口から出てくるのがなぜか言い訳じみていて、自分でも不思議に思った。

「照れ屋さんですからね。わかります」

「小学生のとき、電車の中で香水とか制汗剤の匂いに酔ってから人工的な匂いが駄目で、そこから騒音とかコンクリの建物とかが駄目になって、学生のときは結構辛かった」

「俺の匂いは好きなんですよね」

「ああ。凄く好き。匂いだけ一日中嗅いでても平気だ。凄く安心する」

宏季は守の首元に顔を寄せ、「いい匂い」と動物のように匂いを嗅いだ。

「セックスしてるともっといい匂いになりますが」

「知ってる。けど、いらないから」

「手厳しい！」

守は小さく笑い、「はい、こっちは拭き終わりました」と立ち上がる。

「あとは天井だけだ」

逃げた匂いを追うように、宏季も立ち上がった。そして守の腰に両手を回し、彼の首に顔を埋める。

「もっと嗅がせろ」

朝露に濡れた森の匂い、清々しい土の香り。沢の瑞々《みずみず》しい香りを胸一杯に吸い込む。

「宏季さん」

「凄く気持ちいい。たまんねえな、これ」

「その台詞、セックスのときに言ってほしいです」

「しねえから」

「しようよ。ね？　愛してますからしてください」

「俺はそんなこと、これっぽっちも思ったことねえし」

「それなのに俺に触られて感じちゃうなんて、どんだけツンデレですか、あなたは」

守も宏季の背に腕を回し、そっと抱き締める。

「ツンデレって、何？」

「真姫ちゃんが言ってました。好きな人に素直になれなくて？　ツンツンしちゃう？　とか？」

「よく知りもせずに新しい言葉を使うなよ」

「えへへー」

可愛い声で笑っても駄目。多分今、すごく可愛い顔してるんだろうけど、見てないから俺。

宏季は守の匂いを嗅ぐことに集中する。

「天井のココア……綺麗にしないとね」

「おう。もう少し後でな」

「俺の匂い嗅いでたいの？」

「おう」

「ふふふーん」

妙に浮かれた鼻声が聞こえるが、宏季は無視した。


守の手際をじっと見つめながら、自分は本当に料理に向いていないのだと思った。

包丁が鈍であれば、自分にだって上手く扱えるのに。ピーラーが電動のこぎりであればよかったのにと、そんなことを思いながら、下ゆでした野菜が鍋に入れられていく様を見る。

守は、ようやくダウンを脱いで、ツナギの上にエプロンをつけ、腕をまくって楽しそうに指先を動かしている。

「鳥鍋って、そんなに野菜が入るもんだったか？」

「鳥だけじゃ寂しいし、鳥からいいダシも出るので、絶対に旨いと思います」

「なるほど」

「そっちのテーブルに卓上コンロを用意してください」

「おう」

確かコンロは、カウンターの下……としゃがみ込んだところで、カウンターの隅に設置している電話が鳴った。真上で鳴られるとちょっとイラッとする。

出ようとする守を手で制し、宏季が手を伸ばしてコードレスの受話器を取った。

「はい、日下部山荘」

『真姫です！　まだそこにいたんだ！　麓に避難しなくて平気ですか？』

「は？」

『ローカルニュース見て！　テレビつけて！　ラジオでもいいです！』

「待て待て、焦るな。今、テレビをつける」

ソファの上に転がっていたリモコンを摑み、テレビの電源を入れる。チャンネルをローカル局にした途端、警報の文字が飛び込んできた。

「見た。酷い天気だな。でもこの地方は注意報だけで警報は出てないぞ？」

『この時期に台風並みの低気圧なんですよ！　そこ、すぐ後ろが山なんだから、気をつけないと！　危ないと思ったらすぐ避難してくださいね！』

「いや、避難って言っても……」

『今ね、真姫ちゃんたちの飲み会にお邪魔させてもらっているというか、ちょっと強引に割り込んで、若者たちと楽しく飲んでるところなんだけどね、麓はすごい風なんだよ。大事が起きる前に、俺の別荘に来ればいい。部屋なら余ってるから、守君連れてそこから出なさい。敵に塩を送ることになるが、人命には代えられない』

今度は駒方が割り込んできた。

キッチンに視線を向けると、守が腰に手を当てて「問題なしです」と胸を張る。

だよな。

「心配してくれてありがとうございます」

『呑気だな、宏季君。どっしり構えてるとでも言いたいのか？』

「まだ風だけで雨が降ってませんから。雨が降り出したら、麓に避難しようと思います」

『わかった。車に乗る前に電話をくれ』

駒方の背後から「くれぐれも気をつけてね！」と真姫の大声が聞こえた。

強風が怖いキジ丸が、尻尾をポンポンに膨らませ、さっきからウロウロと歩き回っている。

「キジ丸のこんな姿初めて見ました」

「台風のときに間違って閉め出されて以来、強風とか台風が大嫌いなんだ」

「そっかー」

「こっちも、へたすっと停電になるから、その前に飯を食って……」

言ってる間に停電になった。

卓上ガスコンロの火が、鍋の周りを照らしている。

「どっかの電線が切れたんだな。前もそうだった。……蠟燭《ろうそく》、蠟燭と」

うろうろしているキジ丸を間違えて踏んだら大変なので、宏季は這うようにカウンター下の棚まで移動した。手探りでも蠟燭とマッチを摑めるのは、祖父が日頃から整理整頓を心がけているからだ。

「昔はみんなこうでしたよ。囲炉裏の火と蠟燭の夜」

「だろうな」

その場でマッチを擦って太めの蠟燭に火を灯すと、鍋のところまでもって行く。

「まるで闇鍋《やみなべ》だな」

「でもなんか、特別な料理のような気がします」

それは、なんとなくわかる。

キジ丸は相変わらずウロウロ歩き回り、窓は暴風で低く軋《きし》む。なのに、鍋はグツグツと煮えていい香りを醸し出していた。

「最初は柚胡椒《ゆずこしょう》で食べてみてください。多分、かなり旨いです」

鳥のぶつ切りと野菜が入った器を寄越《よこ》されて、宏季は素直に柚胡椒を付けて食べた。旨い。「んふふ」と声が漏れてしまい、気恥ずかしさで頬を染めた。

守も「えへへ」と笑う。

「こうして、小さな明かりの中で食事をしていると、この世に二人だけのような気持ちになります」

「俺は、トレッキングをしているときにたまにそう思う」

「今は？」

「旨い飯が食えて嬉しい」

「それを作ったのは誰でしょう」

「守。感謝してる」

「愛も込めていいんですよ」

「それはどうだろう」

宏季は小さく笑い、茶椀に麻婆豆腐を入れて頬張る。少し辛いが、こっちも旨い。「旨いぞ」と言うと、守は笑いながら頭を差し出してきた。撫でてくれと言っているのだ。

「飯食ってるから終わったらな」

「そーですかー」

ニコニコ顔が即座にしょんぼり顔になる。

下からふわりと照らされた明かりの中に、まつげの影ができているのが見えた。

人外だから当然だが、こういう仄かな明かりの中では、守はとても幻想的だ。宏季はふと、

「俺は面食いなんだな」と再確認する。

綺麗な顔は世の中に数え切れないほどあるが、守の顔がきっとダントツで綺麗だ。

「今更だな」

「はい？」

「お前が綺麗だってこと」

「怒ってるんですか？　綺麗ですみません」

「怒ってない。綺麗な顔の人外を傍に侍《はべ》らせるのは、なかなか気分がいい」

「一生侍りますよ。愛を込めて侍りますよ。覚悟してください」

「覚悟するのは無理だな」

「またそういうことを言う」

頰を膨らませて唇を尖らせる仕草はまるで子供で、宏季は「不細工」と笑う。

「辛辣《しんらつ》！　すぐに綺麗な顔に戻しますから！　だから、俺を愛してくださいね」

「ほんと重い。トカゲのくせに重すぎ」

「でも、嫌いじゃないですよね？」

守は「ふふふん」と上機嫌で、紅葉おろしを乗せて鳥にかぶりつく。

「黙れ」

「都合が悪くなると、すぐそう言うんだから」

アヒルのように口を尖らせる守を見て、宏季は顰めっ面で「デカいのに可愛い振りするな」と突っ込みを入れた。

「すみません、可愛くて」

「うるさい」

「でも鍋は旨いでしょ」

「おう」

「締めは雑炊にします？　それともうどんにする？」

「両方」

「じゃあ、うどんを先に入れて、それを食べてから雑炊を作りましょう」

「おう」

元々料理に向いていたのだろう。本を見て勉強したのだと思う。祖父だったら、鳥鍋でなくトマト鍋かポトフを出していたところだ。そっちも確かに旨いが、宏季は、今まで食べた鍋の中で、今食べている鳥鍋が一番旨いと思う。

「デザートは……そこまで手が回らなかったので、パンケーキでも作ります？」

「そこまでしなくていい」

「でも俺としては、美味しい料理で宏季さんの胃袋を摑みたい」

馬鹿。もう十分摑んでる。言ったら調子に乗るから絶対に言わないけどな。

宏季は守の言葉を無視して自分の分の麻婆豆腐を平らげ、器に二杯目の鳥と野菜を入れた。

「そうすれば、あなたに一生恩返しする形になるでしょう？　愛だって、延々と呟き続ければ成就《じょうじゅ》すると思うんです」

「洗脳かよ」

「暗示みたいなものは、掛けようと思えば多分できます。やったことないですけど」

「俺にやったら二度と口きかない」

「でも、暗示を掛けられている間は『掛けられている』ってことがわからないと思います」

「黙れ」

「はい、二回目の黙れを頂きました！」

馬鹿かお前。蠟燭より光ってんじゃないの？　その顔。楽しそうにキラキラ笑うなよ。眩しくて目え開けてられねえから。

なんて、口が裂けても言えない台詞を心の中で呟いて、「お前もちゃんと食え」と言う。

「宏季さんが、俺の作ったご飯を食べてるところを見るのが好きなんです」

「太るぞ」

「山歩きしてください。お供します」

「ここらへん、たまに熊が出るんだけど」

「ヒグマちゃんでなければ平気ですよー」

「人外のお前じゃないんだから、普通にヤバイだろツキノワグマでも。それに、俺的に熊は食ってもあまり旨くない」

宏季は「猪とか鹿なら旨いんだけどな」と付け足して、守に困った顔をさせる。

「撃つんでしょう？　なるべくなら、食べないであげてください」

「麓に下りて人を襲ったらアウトだ。……動物がみんなお前みたいに『可愛い鹿ですみません』『可愛い猪ですみません』って言うなら、なんだ、可哀相で撃てないけど」

山の動物たちが「可愛くてすみません」と言いながら頭を下げている姿を思い描いた宏季は、思わずツボにハマってしまい肩を震わせて笑い出した。

「俺って、いつもそんなに謝ってますか？」

「わりと」

「謙虚《けんきょ》ってことですかね！」

「俺が今、銃を持っていなくてよかったな」

宏季は右眉を上げ、守を見る。

「宏季さんは鉈を使って何をしたいんですか?」

「お前の尻尾を切断して、『小さいじゃないか』と見下ろしてやりたい」

「綺麗な家守に尻尾がなかったらみっともないじゃないですか!」

「問題はそっちかよ」

突っ込みを入れたところで、ようやく落ち着きを取り戻したキジ丸が餌をねだって鳴く。

「カリカリやったよな? キジ丸」

「餌ではなく、抱っこしてほしいみたいです」

キジ丸は後ろ脚で器用に立ち上がり、宏季の太腿に両前脚を乗せてじっと見つめてくる。

「抱っこ?」

尋ねてやると、キジ丸はふわりとジャンプして宏季の膝の上に座り、食卓を囲んだ。

「なんでこんな重いのに、身軽にジャンプしたり狩りができるんだよお前」

「三人家族ですね。人間と家守と猫の」

「改めて言われると、不思議の家だなここは」

キジ丸は行儀よく食卓を囲み、守が茹でてくれた鶏肉を腹に収めたあたりから、盛大に喉を鳴らし始めた。

「外は嵐みたいで、停電もしてるのに、ここはほのぼのしてますね」

「まったくだ……。問題は冷蔵庫の中身だがな。この時期だから腐ることはないと思うが、明日は臨時休業にして食材の点検をした方がいい」

「こんな寒いんだから、外に出しておいた方が傷まないと思います」

「いや、駄目だ。去年、隣の山のロッジでそれをやったら、カラスの被害に遭ってとんでもないことになったそうだ」

「俺、家守ですけどー」

「カラスに捕まったらすぐ食われるぞ馬鹿」

初めて会ったときはキジ丸に一方的に叩かれて、見動き取れなくなってたくせに。

宏季は「危ないからやめておけ」と付け足し、最後の麻婆豆腐を頬張った。

「あの」

「ん？」

「俺、今物凄く愛を感じたんですけど！　気のせいじゃないですよね？　宏季さん愛してる！」

「勘違いだろ。ほらキジ丸。これも食っていいぞ」

宏季はキジ丸の鼻先に細かく裂いた鶏肉を持っていき、旨そうにかじる姿を見つめて笑う。

「まあいいですけどね。時間をかけて愛を浸透させますから」

「恩返しをするのが先だろお前」

守が口を開けて何か言おうとしたが、いきなり口を噤んだ。

「どうした？」

「何か、山の様子がおかしい。宏季さん、貴重品とキジ丸を連れて、麓に行ってください」

「は？」

「万が一のためです」

守は鍋の火を止めて、ゆっくりと立ち上がる。

「避難するならお前もだろうが」

「俺、家守なんで」

だから家から逃げたりしません。守はそう付け足して、ふわりと優しい笑顔を浮かべた。

「おい」

「何やら、特大の恩返しができそうな予感」

「何を馬鹿なこと言ってんだよ、おい！　俺と一緒に……」

宏季が言い切る前に、守がキスをしてきた。

ついばむだけの優しいキスを何度かすると、「避難ですよ」と念を押して家守の姿になる。

キラキラと輝いて綺麗だが、小さい。

綺麗な家守は宏季を見上げて小さく頷き、素早く動いて壁を伝って天井裏へと消えていった。

「この馬鹿！　ちゃんと戻ってこいっ！　最後のキスが麻婆豆腐の味だなんて、俺は絶対に許さねえからな！」

聞こえているかわからない。

でも宏季は、言わずにいられなかった。

貴重品（キジ丸が愛用しているオモチャ含む）をリュックに詰め、キジ丸をキャリーバッグに入れた。

車は母屋の前に駐めてある。よし行くぞと、重厚なドアを開いた途端、強風で全開になったドアに腕を持っていかれそうになった。しかも、肌に突き刺さるような寒さが痛い。

「なんなんだ……これ！」

準備をしている間に降り始めたのか、激しい雨のカーテンで目の前にあるはずの車が見えない。このまま車まで辿り着いたとしても、麓まで運転できないだろう。

「キジ丸、中で待機だ」

宏季は玄関にキャリーバッグを置き、開き切ってしまったドアのドアノブを両手で摑み、渾身《こんしん》の力でようやく閉じた。

「ヤバイ。これ風だけでもヤバイ……」

それでも、どこか心に余裕を感じるのは守がいるからだろう。

どこへ何をしに行ったのかわからないが、三年前と同じように、きっと守ってくれる。

「リビングに戻ろうな」

キャリーバッグの入り口を開けると、ムッとした顔のキジ丸が顔を出して宏季の手をそっと舐めた。

「雪囲いをしておいて本当によかった。あれがあれば窓が割れることはないし」

ノシノシと自分の前を歩くキジ丸の尻に話しかける。

「前がまったく見えないのに車に乗っても、崖から落ちるしかねえもんな。だから避難しなくても仕方ねえってことでさ」

キジ丸がストーブの前に座り、薪を足して部屋を暖めろと催促した。


ブランケットにくるまって、うとうとしながら薪ストーブの火の番をしていた宏季は、突然の電子音にびっくりして飛び跳ねた。

「な、なんだ……！」

どうやら、リュックに入れっぱなしだった携帯端末に誰かからの着信があったらしい。音はまだ鳴り続けている。

宏季は「だから人工的な音は嫌いなんだ」と舌打ちして、ようやく電話に出た。

「はい」

『宏季さーん！　生きててよかったあぁぁぁぁっ！　家電が繋がらなかったからどうしようかと思ってた！』

電話の主は真姫で、すでにエグエグと泣いていて、それ以上は何を言っているのか聞き取れない。

『真姫ちゃんから変わった。駒方だが、今、どこにいる？　車の中か？　それとも』

「家です。雨が酷くて、このまま車を運転しても崖に落ちそうだったから」

『よかった。……実は今、日下部山荘に向かう山道の一部が、崖崩れで通行止めになったと連絡が入ったんだ。テレビでも何か言っていると思うが……』

「停電してるんで、家電は使えません。あとでラジオをつけてみます」

『食料は大丈夫か？』

「はい。二人と一匹で、十日は暮らしていけると思います」

『そうか。救助隊に知り合いがいるから、日下部山荘のことはしっかり伝えておく。安心して待っていなさい』

「ありがとうございます」

『ふっ……惚れたかい？』

途中までは、頼りになるいい人だと思ったのに、最後の最後で台無しだ。宏季は眉間に皺を寄せ、「真姫によろしく伝えてください」と言って通話を終わらせる。

思っていたより大事になっているようだ。

おそらく真姫はイタリアの祖父にも連絡をしているだろう。祖父はきっと物凄く心配している。それが申し訳ない。

宏季は薪を一本ストーブに追加し、ブランケットの上で伸びをするキジ丸の背をそっと撫でた。

「守が戻ってきたら、ちゃんとあっためてやらねえとな。あいつ寒がりだし……」

キジ丸を撫でていた手がピタリと止まる。

そうだ。あいつは寒がりで、冷えたら動けなくなる。さっき玄関のドアを開けたとき、あまりの寒さにびっくりした。特大の恩返しができそうだって言ってたな。何をしてるんだあいつ。人外の考えることなんかこれっぽっちもわからないけど、それでも、あの馬鹿がいなくなるのは嫌だ。

宏季は唇を嚙み締めて、低く唸る。自分が今できることなんか一つもない。それが悔しい。

するとキジ丸が小さな声を上げて、起き上がった。

「トイレか？　……っておいキジ丸！」

キジ丸がいきなり走り出して、玄関のドアを爪で引っ掻く。

「外に出たら、お前は飛ばされるぞ！　馬鹿！」

キジ丸は賢い。いつもの彼なら、こんな馬鹿なことはしない。だとしたら、そうしなければならない理由があるはずだ。

「外に、何かあるのか？」

キジ丸は尻尾を勢いよく振り、宏季を見上げる。

「わかった。今開ける」

もしこの愛すべきデブ猫が風に飛ばされたら、何があっても助けてやろうと心に決めて、宏季は玄関のドアを開ける。

両手でドアノブを摑み、慎重に扉を開けて……。

「なんだこりゃ」

宏季は目を見開いて啞然《あぜん》とした。

キジ丸は宏季の足の間をすり抜けて、作業小屋に向かって走る。

雨も風も、何もない。月が見えないのにほんのりと明るい夜空。

まるで、台風の目にすっぽりと入ったかのように山は静かで、自分の呼吸音しか聞こえない。けれど空は真っ暗で黒雲が渦巻《うずま》いている。

「ここだけか？　この山だけ、この家だけ……？」

もしかして……これは、守のしでかしたことなのか？

まったく被害のない母屋と日下部山荘、大事な畑や作業小屋。静かな裏山。

どれだけの力を使えば、天災に対抗できるんだろう。あいつは「家を守るだけです」と言った。それが、こんなに凄いことだと知らなかった。

「すげえ……。守、お前……すげえ」

宏季は静寂に包まれた空気を震わせて、「すげえ」と繰り返す。

そこへキジ丸が、口に何かを銜えて物凄いスピードで戻って来た。

「お前、こんなときまで狩りか？」

腰を下ろして「ほれ、ぺってしろ」と右手を差し出すと、キジ丸は素直に白いトカゲを口から離した。

「え？　白い……違う、白っぽい金？　俺はこのトカゲを知ってるぞ……おい！　この馬鹿野郎！　目を覚ませ！　キンキンに冷えてんじゃねえか！　守！」

キジ丸が銜えてきたのは、冷えた体でぐったりとしている「綺麗な家守」だった。

とにかく、まず温めないと。

停電していて電気は使えないが、ポットの中にはまだ温かな湯が入っていた。それをボウルに移し替え、その中に守を入れる。

水の入った鍋を卓上ガスコンロに載せて強火に設定して火をつけた。

守の入ったボウルをストーブの近くに置き、薪を込めて部屋を暖める。湿気もある方がいいなと、大きなやかんに水を入れて薪ストーブの上に置いた。

「キジ丸、でかした。お前は本当に賢い猫だ」

宏季は愛猫をねぎらってやるが、とうの本人はぐりぐりと汚れた脚を拭かれて不機嫌な顔をしている。

「守……おい、息はできるだろ？　鼻穴はお湯から出てるし。生きてるよな？　お前が生きてなかったらさ、外は元の暴風雨なんだろ？　返事ぐらいしろよ」

ぴくりと、僅《わず》かに家守の前脚が動いた。生きてる。

「今お湯を沸かしてるから、もう少しだけ待て。な？　小さい体で無理するから、こんな目に遭うんだぞ？　俺と一緒に麓に避難してりゃよかったんだ。この馬鹿トカゲ」

「トカゲじゃ……ありません……家守、です——……」

プクプクと泡を出しながら、守が返事をした。トパーズ色の、美味しそうな大きな目玉を見て、宏季は心の底からよかったと安堵した。

「俺、どうして……ここに？」

「ばーか、キジ丸がお前を捜してくれたんだ。あとでちゃんと礼を言え。キジ丸がいなかったら、お前はきっと……」

死ぬなんて言葉は、簡単に使いたくない。宏季は唇を震わせて、そっぽを向いた。

「心配、してくれたんですね」

「当然だろ！」

「俺、凄く嬉しい。頑張って力を使った甲斐《かい》が、ありました」

「喜べ！」

「……愛されてるなって、そう思います」

「図々しいトカゲだな！　そうだよ！　多分な！」

言ってしまったら撤回はできない。宏季の性格上、「今のことはなかったことに」はしたくない。つまり。

「宏季さん！　俺、泣きそう！」

家守はボウルを這い上がって床に飛び降り、次の瞬間には人の姿になった。

全裸で。

「お、お前！　服！　服着ろ！　冷える！」

「温めてください！」

「はあ？」

「俺を温めて……宏季さんに温めてもらいたい、です」

縋《すが》りついてきた指先がまだ冷たい。

「宏季さん」

綺麗な生き物が、目に涙を浮かべて「温めて」と言ってくる。自分だけを求めて懇願する。

「馬鹿。そういうこと、先に俺に言わせろよ」

「はい？」

「俺がお前を温めてやる。……どんなふうに、温めてほしい？　なんでもしてやれるぞ？」

きっとお前は俺の命の恩人だ。お前の恩返しが、今度は俺の命を救ったんだろう。だからな、守。俺は恩人にご褒美をあげたい。信じられないほど綺麗で、人なつこくて図々しくて、でも健気に俺に愛を語るお前に、少しずつ流されてやるよ。俺が面食いでよかったと思え。

宏季は守の体をブランケットに包み、彼の見ている前で服を脱ぐ。

事情を察したキジ丸は、そっぽを向いてリビングから出て行った。ほんと賢い。

「宏季さん……？」

「お前がキラキラ美形の人外で、ホントよかった。相手が人間の男だったら、半年は悩んでたところだ」

「あの、俺、その……」

「男にどうこうされると思うから腹が立つのであって、『お前』にされるなら、別に、いいかなと。気持ちよかったし」

「なんでそんな、いきなり男らしい発言……」

「うん、なんて言うか……」

やっぱ、麻婆豆腐の味のするキスで終わりたくなかったし。そうやって縋ってくるお前は、凄く可愛いし。

宏季は小さく笑い、守が見ている前で裸になった。


ブランケットに包まれたまま、ラグマットの上に寝転がる。

「あったかいです」

「そうだな」

「宏季さんの心臓、凄くドキドキしてる」

「お前もだ。人外のトカゲでも、ドキドキするんだな」

「そりゃあ、宏季さんを愛してますから！」

「重い」

体も気持ちも。でも、それが気持ちいい。

宏季は守を抱き締めて、彼の首に顔を埋める。

まだ少し冷たい。でも森と土の匂いがする。

人工的に飾りつけたもののない、大好きな匂いだ。ずっと嗅いでいたい。よく考えれば、俺の方がよっぽど犬だな。お前の匂いを嗅いでいたいなんて。

ゆっくりと開いた足の間に、守の体が割り込んでくる。

「宏季さんの体、温かい」

「お前はホント……冷たい。冷え性か、それ冷え性だろ」

「…………ムードが」

「そんなん、どうでもいいだろ。ほら、好きにしろよ」

「…………色気もない」

「だったら、色気が出るまで抱け」

「愛してます！　心の底から愛してます！」

「綺麗な顔してんだから、だらしない泣き顔見せんな、馬鹿」

「綺麗ですみません」

「図々しい！」

宏季が鋭く突っ込むと、守は目を細めて嬉しそうに頷いた。

乱暴に抱き締められて、体温を奪われるけれど、すぐに熱くなるから問題ない。

宏季は、今だけは顰めっ面をやめて、笑顔で守にキスをねだった。


山鳩の鳴き声で目を覚ました宏季は、自分の腰にしがみついて眠る守を見下ろし、「現金なヤツだ」と呟いた。

火を消すのを忘れた蠟燭はすでに蠟の塊となって、テーブルにこびりついている。

「ったく。体、痛え」

今度から布団以外の場所でセックスするのはやめようと、宏季は心に決めた。

「んー……宏季さん、おはようー」

寝ぼけ顔のくせに可愛いのがムカつく。

宏季は「おはよう」と言いながら、守の髪を乱暴に掻き回した。

「えへへ」

「天気……どうにか元に戻ったな」

「はい。頑張った甲斐がありました」

「今度から、ああいう危ないことをする前にな、ちゃんと言ってからやれ。俺は止めたりしないから」

「はい」

「もうあんまり心配させんなよ」

「宏季さんの愛が重くて気持ちいいです」

「キモい」

「でもそんな俺も好き、ですよね？」

ちょっと流されてやればすぐにこれだ。図々しい。睨んでいるのにずっと笑顔なのも、なんか悔しい。

宏季は「早まったか俺」と呟いて、ため息をつく。

「お腹、空いたでしょう？　俺が何か作りますね」

「その前に温かい格好しろ。動けなくなったら俺が困る」

「はい」

守は笑顔で頷いて立ち上がる。

元が家守のくせに、その体格が羨ましい。綺麗な顔によく似合った綺麗な体だと思う。

「おい守」

「はい？」

「俺、お前のそういう、どこも綺麗なところが好きだ」

「全部あなたのものですよ」

この野郎。

堂々と言い放つ守に、宏季は「黙れ」と言って笑った。


停電が直ったのは、翌々日のことだった。

山道一部の土砂崩れで埋まった道路を元に戻しつつの同時作業だったらしい。

宏季は「電線を直せる資格があるなら取りたい」と思いながら、数日ぶりに再会した真姫に力任せに抱きつかれた。

「生きててよかったあぁぁぁ！」

「心配かけてすまなかった」

「またお店開いてくださいねえぇぇぇぇ！」

「当然だ。まずは、冷蔵庫と冷凍庫の掃除からになるがな」

「いっぱい掃除するううぅぅ！」

真姫はもう、涙と鼻水で酷いことになっている。ヨシヨシと頭を撫でてから、「次はお前だ」と、彼女を守に渡した。

「守さぁああんんん！」

「はいはい。生きてます｜」

「守さんの綺麗な顔がまた見られて嬉しいぃぃぃぃぃ！」

「俺も真姫ちゃんにまた会えて嬉しい」

無駄にキラキラした笑顔で言うもんだから、真姫は泣きすぎて酷いことになった。

「この際だから」

真姫と一緒にやってきた駒方が、「麓に店を移転させないか？」と提案してきた。

「俺はここが好きなので、無理です」

「オーナーに相談させてもらうぞ」

「店を継ぐのは俺と守なので、俺たちの意見の方が強い」

「これでも心配しているんだがな」

「それはわかります。心配してくれてありがとうございました」

宏季はぺこりと頭を下げる。

「なんか……ますますガードが堅くなった？　宏季君」

駒方は困惑した表情で宏季を見つめ、首を傾げた。

「クソうるさい男がパートナーなので、仕方がないと思います」

「え」

「あそこで真姫と抱き合ってる綺麗な顔した馬鹿が、俺の男です」

駒方は宏季と守を交互に見て、それから右手で顔を覆い、魂が抜け出そうな深く長いため息をついた。

「そんな自信たっぷりに言われたら……俺が割り込んだらただの道化じゃないか」

「自信たっぷりというわけでもありませんが」

「たっぷりです！　以前とは違うよ、吹っ切れたの？　それとも……」

「開き直りました」

「やっぱりそっちか」

清々しい笑顔を見せる宏季に、駒方も「仕方がない」と笑い返す。

「でもまあ、君の心配ぐらいはしてもいいだろう？」

宏季にしても、断る理由は何もない。なので笑顔のまま頷いた。

「日下部山荘の方、早く片づけしましょう！」

守のシャツで顔を思い切り拭いた真姫は、鼻の頭を赤くしたまま歩き出す。そのあとに守が続いた。

「ここまで来たんだから、掃除も手伝っていきませんか？」

「俺、スーツなんだけど」

「これと同じの貸します」

宏季は、自分が着ているツナギを指さすが、駒方は「守君ともお揃いじゃないか」と唇を下がらせる。

「三十路なのに子供らしさ全開はどうかと思います」

「三十路って言わないでほしいな！」

ニヤニヤしながら歩き出した宏季の背に、駒方の情けない声が響いた。


「……ああそう。鳥はほら、毎日仕入れてるから問題なかったけど、冷凍してたブロードは全滅。魚介もアウト。この際だから、自家発電できるようにしてもいいと思う。うん、じゃあ、込み入った話は祖父さんが帰ってきてからで。わざわざありがとう。時差あんだろ？寝てろよ」

その日の夕方、真姫から連絡を受けていた祖父から電話が来たが、祖父よりもその後ろで聞いていただろう父がうるさかった。

「お前もイタリアに来ればよかった」「恋人が男とは聞いてない」「お前は俺の一人息子で」などなど、とにかくうるさかった。イタリアに行かなくてよかったと再確認する。

「お祖父さん、凄く心配してくれましたね」

最初に電話を受けたのが守で、彼は宏季の父から「どこの馬の骨か知らんが」と一方的に罵倒されたが、終始穏やかに話し続けた。

「それはまあ、いいんだがな。俺の親父がすまなかった」

「んふふー。なんか、花嫁の父っぽくて、楽しかったです」

「殆ど会ってないっていうのに、息子に変なドリーム持ってんだよ、あのおっさん」

「外国で結婚式というのも、ステキですね」

「おいこら人外、パスポートの前に住民票どうする」

「そこはそれ、どうにでもできます。里の力を借りますから」

守が戻ろうとしていた人外の里のことか。

あのとき助けていなかったら、守は今頃里に戻ってのんびり暮らしていたんだろう。

自分が料理好きなのもわからず、宏季と甘い関係になることも知らずに。

「俺はここが好きだからここから離れない」

「宏季さんは、日下部山荘で結婚式がしたいんですか！　オッケーです！　俺がウエディングケーキを作ります！　宏季さんはドレスを着てくださいね！」

「うるさい」

「照れなくてもいいです」

「黙れ」

「でも俺のこと愛してますよね？」

「いちいち言わなきゃわからないのか？　お前！」

「はい。愛を浸透させるために」

「だったらその気にさせてみろ馬鹿」

真姫と駒方がここにいなくてよかった。

いたらきっとからかわれただろうし、まず「人外」の単語に突っ込みを入れられる。

それは避けたい。

守が家守の人外だということは、絶対の秘密だ。

「今夜からその気にさせてみせますよ。その前に、駒方さんから差し入れしてもらった食材で晩ご飯作りますね。何食べたいですか？」

「和風ハンバーグ」

「挽肉ないので。豚の生姜焼きでいいですか？」

真顔で「ごめんなさい」という守に、宏季は「だったら訊くな」と突っ込みを入れる。

「明日は買い出しだな。いろんなものが足りない。店を開くのは来週からだ」

「俺も一緒に行きます」

「当たり前だろ、馬鹿」

「俺馬鹿じゃないんで！」

「じゃあ、綺麗すぎて腹立つわその顔！」

「綺麗ですみません！」

笑いながら悪態をつく。

足元でキジ丸が「うるさい」と抗議の鳴き声を上げる。

「あー……キジ丸のカリカリも、買い足しておかないと。こいつ決まったメーカー以外絶対に食わないから」

宏季はキジ丸を抱き上げ、ソファに移動した。

「それじゃ、俺は腕によりをかけて晩ご飯を作りますねー」

「楽しみにしてるハンバーグ」

「任せてください生姜焼き」

くだらないことを言い合って笑うのは楽しい。

腹の上に乗せたキジ丸が昨日よりも重くなっているような気がしたが、きっと気のせいだろう。まあなんにせよ、ふくふくと太った猫は可愛い。

「用意ができるまで、何か飲みます？　ココアとか」

「………飲む」

「すぐ作っちゃいますね」

「嫌みかよ」

「今度俺が簡単な料理と一緒に、ココアの作り方も教えてあげます」

キッチンカウンターの中で、守がウインクをした。ウザい。

「料理？　鉈を使っていいなら作る」

「そんなのあったら恐ろしいと思います」

「じゃあ無理。お前が祖父さんのレシピ全部覚えれば問題ない」

「それはそうですけど……」

カチャカチャと、マグカップでココアを練る音が聞こえてきた。

「お前の恩返しはともかく、今度は俺がお前に恩返ししてやるからさ、だから、ここで働いてシェフになれ。ずっと」

「え？　え？　何？　宏季さん」

「俺が死ぬまでお前の傍にいて、そんで、褒めたり頭撫でたり、セックスしたり……いろいろしてやるから」

守の声は聞こえないが、宏季は天井を見つめながら言葉を続ける。

「人間も捨てたもんじゃないって思えるようにしてやる。そうすれば、お前は里に帰らずにずっとここの家守でいるだろ？」

「どうして……そんなこと言うんですか？」

「だってほら、寿命が違うし」

「俺！　宏季さんと一緒に死にますから！」

「人外が我が儘《まま》言うな」

「できますよ！　俺たちにも寿命はあるんです！」

そんなこと初めて聞いた。

宏季は体を起こし、「へえ」と呟く。

「宏季さんが死んだら、悲しくて寂しくて、俺、絶対に死にます。断言できます」

守は温かな牛乳をマグカップに少しずつ入れて、ココアと馴染ませていく。

「俺は、お前の寿命の最後を一緒に生きるのか」

「はい！」

守はキッチンから出てくると、ココアの入ったマグカップを渡し、ソファの背に腰を下ろした。足が長いから様になる格好だ。

「俺が考えないようにしてたことを、どうして簡単に言っちゃうんですか？」

「遅かれ早かれ出てくる問題だろが」

「それはそうですけど」

「でも安心した」

温かなココアをチビチビと飲みながら、宏季が笑う。

「俺が死んだ後のお前が心配だったんだ。お前泣き虫だし、すぐ甘えてくるだろ？　俺がいなくなったら誰に甘えたり慰めてもらうんだろうって思ったんだ。一人で泣かせたら可哀相じゃないか」

……って、老後の話をしてるだけなのに、どうしてこいつは今泣きそうになってるんだ。

宏季は、目に涙を浮かべて唇を嚙んでいる守を見上げ、「馬鹿だな」と言った。

「なんて顔してんだよ、馬鹿」

ああ俺、お前のそういう顔、大好き。

顔がニヤついてしまう。

「お、俺にこんな顔をさせたくなかったら、せいぜい長生きしてください！」

「そのつもりだ馬鹿」

「俺……馬鹿じゃない」

守は両手で顔を擦り、鼻を啜る。

その仕草が凄く可愛くて、宏季はマグカップを床に置き、「おいで」と両手を広げる。

「宏季さん！　愛してる！」

「重てえ」

「愛の重さ！」

「そうだな。受け止めてやる」

抱き締めた守は、大好きな森と土の香り。

胸一杯に吸い込んで目を閉じると、深い森の中に佇《たたず》んでいる気持ちになる。

「愛してますから、これからもいっぱいセックスさせてくださいね。俺、もっと上手くなります」

せっかく、しっとりしたいい雰囲気だったのに、このトカゲ！

宏季は守の耳を摑んで引っ張りながら、「綺麗なくせして図々しいんだよ」と叱る。

「綺麗ですみません」

「おう。あとな、可愛い仕草があざとい」

「すみません」

「泣き虫なところは可愛い」

「ありがとうございます」

「髪の毛がサラサラで気持ちいい」

「もっと撫でていいんですよ？」

「図々しい」

「ごめんなさい。もうこれくらいでいいですか？　俺、宏季さんをぎゅってしたい、ぎゅってて！」

仕方ねえな、甘ったれ。

宏季は守の耳にキスをして「ぎゅってしていいぞ」と囁いた。

あとがき

はじめまして&こんにちは、高月まつりです。

今回は、というか、今回もというか、人外モノを書かせていただきました。

ヤモリです。家を守るヤモリです。

大変楽しく書かせていただきました。

うちのマンションの壁にも、毎年夏になると体長五センチぐらいのヤモリが現れるのですが、マンションの外壁と同じベージュ色になっていて、凄く可愛いです。

あと個人的に手脚の指が五本あるところも凄く好き。

ハ虫類ですかー……と言うよりは、目玉の大きな可愛い生き物って思いながら描写したつもりですが、苦手な方はごめんなさい。

今回は主役のヤモリの他にも動物がいろいろ出てきます。

兎とか鶏とか猫とか。

猫は自分が飼っているというのもあって、どこにでも登場させてしまうのですが、今回のキジ丸の存在感にはびっくりです。

明神先生が描いてくださったキジ丸の、なんと凛々しいことよ。そして福々しいこと。思い描いていたキジ丸がまんま出てきて、「キジ丸……かっこよすぎる」と担当さんと二人で悶えました！


人間キャラの宏季は、多分、私の書く受けパターンの一人ですが、それでも今まで書いた受けよりもさっぱりした性格というか男らしさがダントツのような気がします。

攻めの守ちゃんが「綺麗ですみません」と堂々と言っちゃうアホな美形なので、なおのこと男らしく見えてしまうかも。

……というか、宏季のキャララフを見せていただいた時に「おでこちゃん！　おでこちゃんマジ男前！　男前すぎて可愛い！」と、物凄いテンションで騒ぎました。

そして守の美形さにくらり。

美形と男前のカップリングはホント大好きなので、嬉しすぎて死ぬかと思いました。

イラストを描いてくださった明神先生、本当にありがとうございました！　いつもいつも、本当にお世話になっております。

戴いたラフは、萌えファイルにしっかりと詰め込みました。

最後に。

守が帰ろうとしていた里は、例の、人外ばかりが住んでいるあそこです。ふふふ。

それでは、最後まで読んでくださって本当にありがとうございました。

次回作でお会いできれば幸いです。

嵐の中ヤモリ・守を救出するキジ丸☆

キジ丸カッコイイ♥

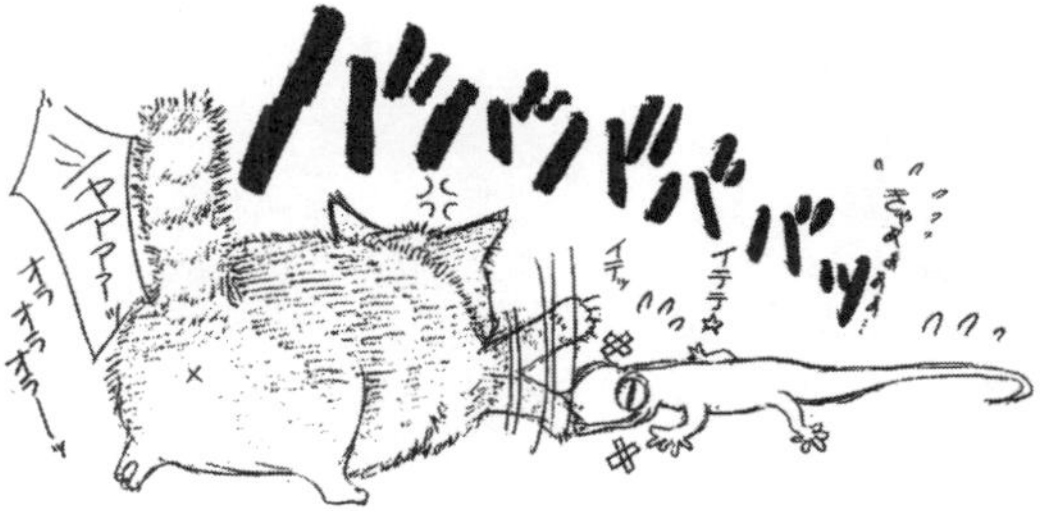

キジ丸の必殺ネコパンチをくらうヤモリ・守☆

ううう…守まけない、クスン。

本作品は書き下ろしです

高月まつり先生、明神翼先生へのお便り、
本作品に関するご意見、ご感想などは
〒101-8405
東京都千代田区三崎町2-18-11
二見書房　シャレード文庫
「図々しいのもスキのうち」係まで。

CHARADE BUNKO

図《ず》々《ず》しいのもスキのうち

【著者】高月《こうづき》まつり

【発行所】株式会社二見書房
東京都千代田区三崎町2-18-11
電話　03(3515)2311[営業]
　　　03(3515)2314[編集]
振替　00170-4-2639
【印刷】株式会社堀内印刷所
【製本】ナショナル製本協同組合

落丁・乱丁本はお取り替えいたします。
定価は、カバーに表示してあります。

ISBN978-4-576-14124-4

http://charade.futami.co.jp/

新人小説賞原稿募集

400字詰原稿用紙換算
180～200枚

募集作品 シャレードでは男の子同士、男性同士の恋愛をテーマにした読み切り作品を募集しています。優秀作は電子書店パピレスのＢＬ無料人気投票で電子配信し、人気作品は有料配信へと切り換え、書籍化いたします。

締　　切 毎月月末

審査結果発表 応募者全員に寸評を送付

応募規定 ＊400字程度のあらすじと下記規定事項を記入した応募用紙（原稿の一枚目にクリップなどでとめる）を添付してください ＊書式は縦書きで1ページあたり20字×20行か20字×40行 ＊原稿にはノンブルを打ってください ＊受付の都合上、一作品につき一つの封筒でご応募ください（原稿の返却はいたしませんのであらかじめコピーを取っておいてください）

規定事項 ＊本名（ふりがな）＊ペンネーム（ふりがな）＊年齢 ＊タイトル ＊400字詰換算の枚数 ＊住所（県名より記入）＊確実につながる電話番号、FAXの有無 ＊電子メールアドレス ＊本賞投稿回数(何回目か) ＊他誌投稿歴の有無（ある場合は誌名と成績） ＊商業誌経験（ある方のみ・誌名等）

受付できない作品 ＊編集が依頼した場合を除く手直し原稿 ＊規定外のページ数 ＊未完作品（シリーズもの等）＊他誌との二重投稿作品・商業誌で発表済みのもの

応募・お問い合わせはこちらまで

〒101-8405 東京都千代田区三崎町2-18-11
二見書房シャレード編集部　新人小説賞係
TEL 03-3515-2314

＊ くわしくはシャレードHPにて http://charade.futami.co.jp ＊